新潮文庫

脱出

吉村昭著

新潮社版

4164

目次

脱出

脱出

霧の粒子が、濃い密度で流れている。睫毛《まつげ》にやどった水滴が光をおび、両膝《りょうひざ》をかかえた手の甲も濡《ぬ》れて冷たくなっていた。

光雄は、男たちと小石まじりの砂浜に坐《すわ》って海に眼《め》を向けていた。風が少しあるのか、海上に立ちこめている霧は、時折り或《あ》る個所だけが急に薄れることもある。啼声《なきごえ》をあげながら海猫《うみねこ》が一羽あらわれると、海面すれすれに霧の中に没していった。

傍《かたわら》に坐る男が、マッチを何本か使って短い煙草《たばこ》に火をつけた。男たちが腰をあげ、光雄もそれにならった。

黒いものが、霧の中からにじんだように湧《わ》き出てきた。

波にゆるやかに上下する帆柱と、垂れた帆布の輪郭がみえてきた。午前中に浜に寄せてきた三艘《そう》の小船と同じ三トンほどの帆かけ船であった。黒くみえるのは船に身を寄せ合っている人たちで、帆柱の傍《そば》に一人の男が立ってこちらに眼を向けている。船の動きはゆるやかだった。

光雄の傍に立っている男が、東の方向を指さし、あそこにも来ている、と言った。

砂浜と岩礁《がんしょう》のつらなる磯《いそ》との境に川があるが、流れの海に注ぐあたりに帆かけ船を曳《ひ》いた動力船らしい船が近づいている。その附近の霧は淡く、薄日がさしていた。

数人の男が川口の方に歩き出し、その後に従った光雄は、打ち上げられている流木や海草を避けて歩きながら動力船を見つめた。故郷の村には動力つきの漁船が二艘残され、動力船を眼にする度に村の者が海峡を渡ってきたのではないか、とかすかな期待をいだくが、村の船とは形が異っていた。舳《へさき》が突き立ち、機関部の囲み板に朱色の塗料がぬられている。

光雄たちが川口に近づくと、動力船の舳に立っている漁師らしい男が、ロープを岸の方に投げてきた。男たちが海水に足を踏み入れてロープを拾い、浜にもどると曳いた。動力船が近づき、船底を砂地にのしあげた。

船に乗っているのは大半が女と子供で、船べりから波打ちぎわにおりて浜にあがってきた。一人の例外もなく衣服を重ね着していて、着ぶくれている。かれらは、くずおれるように浜に坐りこんだ。その中に中学校の制服、制帽をつけた小柄《こがら》な少年がいて、光雄は、自分と同じ学校の下級生かも知れぬと思ったが、帽子の徽章《きしょう》は見知らぬものであった。

船には、襟章《えりしょう》のない軍服を着た二人の兵が残され、一人は坐り、一人は身を横たえていた。

漁師が、

「兵隊さんをあげてやってくれ」

と、声をかけてきた。

光雄は、ズボンの裾《すそ》をまくり上げ、男たちと海の中に踏み入って船にとりついた。漁師が、ロープで曳いた帆かけ船を無言で指さした。膝までつかった海水の冷たさが、急に意識された。そこには兵が三人、仰向《あおむ》いたり突伏したりして横たわっている。かれらの顔に眼を向けた光雄は、それらが死体であることを知った。

「海の上を漂っていたのを見つけて、曳いてきた。海のことを知らぬ兵隊さんばかりでな。コンパスもなく生水も持っていないんだから、無理もない話さ。生きていたのは、この二人の兵隊さんだけだ」

漁師は、無表情に言った。

二人の兵が、漁師に助けられて船べりからおり、光雄たちはかれらの肩を支えて浜にあがり、身を横たえさせた。

男たちは、砂浜に立ったまま兵の死体がのせられている帆かけ船に視線を向けていた。不機嫌《ふきげん》そうに顔をしかめていたが、光雄はその表情がなにを意味するかを知っていた。

連日、動力船や帆かけ船が町の浜や磯につくが、それらに乗った者たちを岸にあげるのは、かれらと同じように樺太《からふと》から船で町の海岸にたどりつき収容されている男たちの役目であった。町では、配給される食糧の量が限られていたので、つぎつぎに浜につく者たちの生活を支える余裕はなく、引受けることに反対する住民が多かった。上陸した者の半ば以上は、北海道各地や内地の身寄りをたよって町から去り、行くあてのない者だけが残された。住民の中には、のがれて来た同胞の世話をすべきだと強く主張する者もいて、やがてその意見が大勢を占め、一部の地区をのぞいて町そのものがかれらを受け入れることになった。

町では、休業状態にある蟹缶詰《かにかんづめ》工場の建物をかれらの仮宿舎にあて、町民の配給食糧の割当て量をへらして食糧をまわし、家々から持寄った衣類もあたえた。そうした好意に報いるため、海岸線にたどりつく船の処置は光雄たちが引受けていたのだ。

船に乗ってきた者が生きていれば扱いは簡単だったが、死んでいる場合は面倒だった。着衣、携帯品を調べて身許《みもと》が確認されれば火葬し、不明の場合は、遺族が引取りにくることを想定して仮埋葬しなければならない。男たちが帆かけ船に横たわる兵たちの遺体に憂鬱《ゆううつ》そうな顔をしたのは、それらが煩《わずら》わしく荷厄介《にやっかい》な物であるからだった。

男たちは、無言で帆かけ船を浜に引き寄せると、遺体を砂地に運んで並べた。死因が渇きによるものであるためか顔の皮膚が粉をふいたように白く、こまかい皺《しわ》が一面にひろがっている。開いたままの眼球も干涸《ひから》びていて、白眼の部分が貝殻《かいがら》ボタンのような鈍い光沢をおびていた。

浜に坐っていた女や子供たちが、二人の男に連れられて缶詰工場の方に去ると、村の吏員が自転車でやってきた。かれは、道から浜におりてくると、なれた手つきで兵の上衣《うわぎ》のポケットをさぐり、軍隊手帖《てちょう》をとり出した。そして、鉛筆で氏名、階級、本籍その他を紙片に書きとめた。

浜の近くに置かれた大八車が曳かれてきて、遺体がのせられた。それらは硬直していて、片方の膝を深く曲げた遺体と両手を宙にあげた遺体が、そのままの姿勢で重ねられた。腐敗は、まだはじまっていなかった。

光雄は、車の後押しをして浜からあがり、道を横切った。松林の近くに石囲いの焼場がいくつかあり、傍で車はとまった。火葬場には、蓆《むしろ》をかぶせられた遺体が一体置かれていたが、それは、朝、砂浜に打ちあげられていた初老の女の遺体で、住所、氏名、血液型の記された小さな布が着物の胸の部分に縫いつけられていた。

光雄は、男たちと四個所に材を井桁《いげた》に組んでその上に遺体をのせた。女の遺体は、かすかな腐臭を放っていた。

火が枯枝に点ぜられ、加えられた薪《まき》が燃えはじめた。炎が、組まれた材から勢いよく立ち昇るようになり、木のはじける音とともに火の粉が散った。遺体から白い煙が湧き出ていたが、それが薄らぐと緑や青の色の炎が噴き出し、急にきらびやかな朱の色に変化したりした。光雄は、男たちと薪を炎の中に投げ入れることを繰返した。

夕方近くになると濃い霧が流れてきて、炎にあおられて乱れ動く。男たちは、海水をふくませた蓆を炎の上に投げ上げ、焼場をはなれた。遺体は、夜の間に程よく焼けて、翌朝には骨を拾うことができるのだ。

光雄は、男たちと道に出た。そして、霧の中を缶詰工場の方へ歩きながら、自分がなんの縁もないこのような地に身を置いていることをあらためて不思議に思った。

町について知っていることと言えば、中学校の歴史の時間に、町が、幕末に蝦夷《えぞ》地の最北端に設けられた宗谷《そうや》請負場所に属する古い漁港であるのを教えられただけで、オホーツク海沿岸の北海道の町村の中でどのような性格をもつ町であるかも知らない。

ただ、かれが実感として感じたことは、町が北海道の中で最も樺太に近く、樺太南部に突き出た二つの半島の東側の中知床《なかしれとこ》半島から船を出すと、潮流に助けられて町を中心とした海岸線にたどりつく位置にあることであった。光雄の船も、潮の動きによって町の浜についたのだ。

六日前に浜にあがってから、かれは多くの船を見、打ち寄せられた死体を眼にしてきた。銃弾で帆柱を撃ちくだかれた船もあれば、頭を射ぬかれた漂着死体もあった。

それらの船や死体を眼にするたびに、故郷の樺太の村で内地の風習にならっておこなわれる盂蘭盆《うらぼん》の精霊流しの情景を思い起した。燈籠《とうろう》をのせた箱が凪《な》いだ湾内に流され、燈《ひ》の群は身を寄せ合うように一定の方向へつらなって遠ざかっていった。海には川に似た流れがあって、船も死体も、精霊流しの燈の列のように一様に町とその附近の海岸にむかってくるのだろう。

かれは、夕闇《ゆうやみ》と霧にとざされた海の方向に眼を向けながら男たちの後から歩いていった。

光雄は、町で日を過すようになってから、もどかしさに似た感情をいだくようになっていた。樺太が戦場になったのは確かな事実にちがいないのだが、その状況を実感として理解することはできなかった。

樺太の各地からのがれてきた人たちの口からは、多くの将兵や民間人の死が伝えられた。家財その他が掠奪《りゃくだつ》され婦女暴行も日常化していて、それに恐怖をいだいた人々は、死の危険を覚悟して小船で樺太から脱出してきたのだと言う。

光雄は、それらの事柄がすべて現実に起ったものであることは理解できたが、ソ連参戦の日から二ヵ月の間に自分が直接体験した範囲では、かれらの話に加わるような話題はない。もしも眼にし耳にしたことをそのまま話せば、のんびりした話だと言ってさげすまれるにちがいなかった。

戦争は、自分とそして同じ船で脱出してきた村の者たちとの傍を、無関係のようにかすめ過ぎていったのか、とかれは思う。銃声を耳にしたことはなかったし、死んだり傷ついたりした者を眼にしたこともない。むしろ、戦場となった地から海峡をへだてたこの町に来て、浜につく小船にうがたれた銃撃の痕《あと》や、漂着死体に食いこんでいる銃弾で、戦争そのものを感じたにすぎない。

故郷の村にとどまっている間、戦争は、厚い壁の向う側でおこなわれているような形でしかとらえることはできなかった。むろん、その気配は濃厚であったが、具体的なものとして眼の前に現われることはなかった。

戦争の気配に初めてふれたのは、八月九日の朝であった。

かれは、中学四年生の同級生たちと大泊《おおとまり》町近郊に構築されていた沿岸陣地に勤労学徒として働いていた。仕事は、兵とともに塹壕《ざんごう》を掘ることで、その日も下宿先から陣地に行ったが、兵の姿はなく、学生係の下士官もいない。かれらがなにかの用件で陣地をはなれたのだろうと想像し、正午すぎまで待っていたが、姿を現わさず連絡もなかった。

光雄たちは、やむなく連れ立って中学校に行った。

校庭には他の地区に勤労動員されていた生徒たちが集っていて、かれらの口からソ連が参戦したことを報《しら》された。さらに、老齢の教師三名をのぞく教師や軍事教練の教官が、軍の指揮下に入ることを命じられて学校を去り、三年生以下の生徒は帰宅させられたという。

信じがたい話であった。かれが同級生たちと塹壕掘りをしていた陣地は、アメリカ軍が北海道との重要な連絡港である大泊港附近に上陸の公算が大である、という予想のもとに築かれていたものであった。敵はアメリカ軍のみと考えていたのに、新たにソ連軍が加わったことに戸惑いを感じた。

光雄は、友人たちの顔に血の色が失われているのを眼にして不安をおぼえた。事実かどうかは不明であったが、進攻してきたソ連軍と日本軍の戦闘が早くも国境一帯ではじめられ、国境から百キロ足らずの距離にある敷香《しすか》の中学校生徒も銃を手に軍に参加しているという。

そうした話を裏づけるように、教師は、学校の兵器庫を開かせ、五十二挺《ちょう》の三八式歩兵銃と一挺につき五発の実弾を教練の成績の良い者に渡し、他の生徒は予備要員にする、と告げた。

翌朝、あわただしい動きをしめす町の中を学校に行くと、教師から職員室にくるように言われた。部屋には、遠隔の地の出身者である生徒だけが集められていた。

教師は、大泊町の大隊本部からの連絡だがと前置きして、まだ国境附近で戦闘はおこなわれていないが、ソ連軍が軍事行動を起すのは時間の問題で、昨日夕刻、在郷軍人と国境に近い中学校の四年生以上の生徒に地区特設警備隊要員としての防衛召集令が発せられた、と言った。

「わが校の生徒も銃をとることになると思われるので、それぞれ家にもどって親たちと別れの水杯《みずさかずき》をし、学校にもどってこい」

教師は、光雄たちの顔を見まわしながら言った。大泊町から各方面に軍のトラックが行っているので、それに便乗する許可も得てある、という。

光雄の家は、大泊町から東南方百キロほどの距離にある中知床半島の突端に近い乳《ち》根《ね》という漁村にあった。かれは尋常高等小学校を卒業後、村をはなれて大泊町の遠縁の家に下宿し、中学校に通っていた。

光雄は、教師に引率され、二十名近い生徒たちと大隊本部に赴いた。本部には将校や兵の出入りが多く、緊張した空気につつまれていた。教師は、本部建物の中に入っていった。が、すぐに出てくると、車庫でエンジンを始動させているトラックを指さし、光雄たち五名の者に乗るよう指示した。中知床半島方面にむかうトラックであった。

光雄は、他の生徒たちと走ってトラックに近づき、助手台にいる下士官の諒解《りょうかい》を得て荷台に乗った。

トラックは、大隊本部の門を出ると家並の間をぬけ、車体をはずませながら亜庭《あにわ》湾沿いの砂利道を東にむかった。荷台には二人の兵が乗っていた。

生徒の一人がかれらに近寄ると、兵隊さん、樺太はどうなりますか、と問うた。

「どうなるとは、どういうことだ」

星二つの兵が笑いながら言うと、大きな声で防備態勢について話しはじめた。車体の震動で声がふるえてききづらかったが、国境方面には堅固な陣地が設けられ、海岸線の沿岸築城も完成していて、樺太そのものが要塞《ようさい》化されているという。さらに陸軍の守備隊は精強な部隊によって編成され、制海権も日本海軍が支配しているので、ソ連軍が樺太の地に一歩も入ることは不可能だ、と張りのある声で言った。

他の星一つの兵は黙っていたが、その話に同調するようにうなずいていた。

光雄の不安は消え、他の生徒たちの顔にもやわらいだ表情がうかんだ。光雄は、足を投げ出して居眠りをはじめた星二つの兵の顔をながめながら、水杯をしてこいと言った老教師の深刻な表情が滑稽《こっけい》に思えた。

トラックは海岸線を走り、遠淵《とおぶち》湖岸をまわって南下した。生徒が一人ずつ降りてゆき、光雄だけになった。日が、西に傾きはじめた。トラックは半島を横切り、山道を下って乳根の村落に入った。

光雄は、停止したトラックの荷台からとびおりた。トラックは、砂埃《すなぼこり》をあげて海岸沿いの道を中知床岬の方向に去っていった。

家に着くと、母が土間で夕食の仕度をしていて、もどってきたかれにいぶかしそうな眼を向けた。かれが、ソ連の参戦で中学校生徒に防衛召集の発令が予想されるので、教師が、肉親に別れを告げてくるよう一時帰郷を許した事情を口にした。

母は表情を曇らせると、

「父ちゃんも、昨日、監視哨《しょう》の兵隊さんから原隊へもどれという命令が無線であったと言われて、家を出て行ったよ」

と、言った。

父は漁師であったが、前年の秋に召集され、大泊町西北方二十五キロの留多加《るうたか》町の沿岸警備隊に配属された。軍では、宗谷海峡がアメリカ潜水艦によって航行不能におちいり樺太が孤立することを恐れ、北海道から多量の食糧を輸送させ、蓄積につとめていた。それと並行して、樺太内での魚介類の確保にもつとめ、漁獲量をあげるため樺太で漁をしていた兵に帰郷を許した。光雄の父もその一人で、父は三ヵ月前に家にもどってから村で最も大きい二十トンの動力船を出して漁をし、定期的に巡回してくる軍のトラックに漁獲物を渡していた。

光雄は、夕食をとりながら箸《はし》を動かしている母の表情に、不安そうな色がほとんどみられないことをいぶかしく思った。神経質な母は、必要以上に気をまわす性格だが、母はソ連の参戦がどのような意味をもっているか関心がないらしい。それとも、村が国境からへだたった地に位置しているので、遠い世界の出来事とでも思っているのだろうか。母の顔には、自分がもどってきたことを喜んでいるらしいおだやかな表情しかうかんでいなかった。

夕食後、かれが、村長に大泊の町の様子を伝えてくる、と言った時も、母はさりげない表情でうなずいただけであった。

提灯《ちょうちん》を手に家を出て村長の家に行ったが、母のソ連参戦に対する関心の薄さが村人たちにも共通しているらしいことに気づいた。大泊町のあわただしい動きと帰郷のいきさつについて述べると、村長は表情をかげらすこともなく、

「監視哨の隊長さんは、樺太の守りは鉄壁だ、ソ連兵など手も出せぬ、と言っていた。心配あるまい」

と言って、煙管《きせる》をくわえた。

光雄は、情勢が楽観視できぬと伝えにきたことに気まずさをおぼえると同時に、村長の平静な態度に安堵《あんど》も感じた。陸軍の監視哨が村はずれの乳根岬にもうけられていて、そこからもたらされる情報が村のすべてであり、隊長が村長に告げた言葉は、軍から得た確度の高い情勢判断によるものにちがいなかった。

翌日、かれは学校に帰る予定であったが、二十キロの山道をたどって一日二便のバスの通じている西海岸まで徒歩で行かねばならぬことを考えると、億劫《おっくう》だった。なにかトラックなどの便があれば、それに便乗させてもらえばよい、と思った。

それに、戦時色とでもいえる気配の全くない村を眼にして、急いで帰らねばならぬという気持も失《う》せていた。ソ連が参戦したとは言え、それが戦闘に直接つながるとは限らず、帰郷をうながした教師の態度が必要以上に大袈裟《おおげさ》にも思えた。

村では例年になく鱒《ます》が豊漁で、湾内に張られた網にかかる鱒が、船に満載されて浜に揚げられる。女や子供たちは、鱒の頭部を断ち落して内臓をとりのぞき、塩漬けにして漁業組合の倉庫に積み上げていた。

かれは、なすこともなく塩鱒づくりを手伝うようになった。悠長《ゆうちょう》な村の空気に、休暇ででもあるようなくつろいだ気分で日を過した。母も、学校に帰れとは言わなかった。

八月十五日の午後、監視哨の副隊長が村にやってきて、その日の正午、監視哨のラジオで天皇の放送が聴取され、戦争が終ったことを告げて去った。

光雄は、予想もしていなかった結果に呆然《ぼうぜん》とし、深い悲しみに襲われた。戦争が終るのは日本が勝利をおさめた時であるはずで、戦局が悪化していることから考えて、それはかなり先のことに思われた。かれは、敗北による終戦など想像もしていなかった。

村人たちの表情も暗く、その日は漁が中止されたが、翌日には再び船を出した。光雄も共同作業場に行ったが、女たちの表情が思いがけず明るいのに戸惑いを感じた。彼女たちは、樺太が戦火にあわずにすんだことに安堵しているらしく、軍籍にある夫や息子が帰還してくる喜びを口にする者もいた。

光雄は、戦争が敗北に終ったのに、悲嘆の色をみせず仕事をつづけている大人たちが不思議に思えた。

その夜、村の重だった者が村長の家に集った。ソ連の参戦とそれにつづく終戦が、村にどのような影響をあたえるかを話し合うためであった。村人たちは、繰返されてきた生活のリズムに身を託して日を過してきているが、それが妥当であるのかという疑念をいだいたようだった。

話し合いの結果、監視哨からつたえられる以外に、村独自で他の町村からも情報を得ようということに意見が一致し、数人の男を樺太南部の中心地である大泊町に向わせることになった。

翌朝、かれらは、自炊用の米、魚の干物、鍋《なべ》などを背に村をはなれていった。いずれも健脚の者ばかりであったが、西海岸沿いに通じているバスの運行が停止している場合には徒歩でゆかねばならず、大泊町にたどりつくには少くとも三日間を要した。

光雄は、かれらの一人に、大泊町の中学校の様子もみてきて欲しい、と依頼した。

また、その日の午後、村長は監視哨におもむいて軍の情勢についてもきいてきた。監視哨には、終戦の放送があった翌日、無線電信で、戦闘停止とやがておこなわれる武装解除にそなえて現在地で後令を待つように指示する師団命令があり、暗号表その他を焼却したという。その折、隊長は村長に、やがて村にもソ連軍かアメリカ軍が進駐してくるだろうが、それは一ヵ月以上も後のことになるだろう、と言ったという。隊長の談話で、わずかに動揺のきざしをみせていた村の空気は平静さをとりもどした。光雄は、終戦の布告にともなって勤労動員令も解除され、おそらく学校も休校になっているはずだと考え、帰校する気持はさらに薄らいだ。

男たちは船を出して網を揚げ、女や子供たちは塩鱒づくりにはげんでいた。天候は不良で、しばしば小雨が降り、海上は霧で煙った。

大泊町に出掛けていった男たちがもどってきたのは、二十三日の夕刻であった。道を急いできたかれらは、村長の家にたどりつくと床の端や土間に坐《すわ》りこんだ。

当番の者が家から家へ走り、光雄は、母の代りに村長の家へ行った。座敷には村人たちが膝を突き合わせて坐り、土間にも人が立っていた。かれは、土間の柱のかげから座敷に眼を向けていた。

大泊町からもどってきた男の一人が、眼にし耳にしたことを脈絡もなく話しはじめ、他の男たちが言葉をさしはさんで補足した。危惧《きぐ》していた通りバスの便はなく、かれらは歩いて大泊町に行ったが、町は騒然としていて、港の桟橋《さんばし》には、北から押し寄せてくる避難民がひしめき、北海道の稚内港《わっかないこう》にむかう船に争って乗ろうとして大混乱を呈している。船に乗れぬ者が大半で、避難民の数は増すばかりだという。

終戦の放送はあったが、ソ連軍は国境を突破し、大泊町西北方八十キロの樺太西海岸にある真岡《まおか》町にも上陸作戦を開始し、日本軍も応戦している。銃爆撃による民間人の犠牲は多く、死体が避難路に散乱していることも耳にした、と言った。

村長をはじめ集った者たちの表情は硬く、大泊町に行った男たちに質問していたが、それも少くなり、時折り長い沈黙がつづくようになった。

どうしたらいいのだ、という声が、かれらの間から洩《も》れたが、答えはなかった。

翌朝、村長が大泊町からもどってきた二人の男を伴って乳根岬の監視哨に赴き、大泊町の情勢を報告した。監視哨では無線電信の傍受で、停戦交渉の任務を負った日本陸軍の軍使が白旗を手にソ連軍陣地に向ったが、途中で射殺され、戦闘は依然として継続されているという情報をとらえていた。隊長は、情勢を把握するのはきわめて困難だと、沈痛な表情で語ったという。

村に重苦しい空気がひろがった。漁に出る者はなく、所々に寄り集って口数も少く言葉を交していた。

翌日、監視哨の兵が来て、大泊町にソ連軍が上陸したことをつたえ、三日後には樺太での戦闘が完全に停止し、全部隊の武装解除がおこなわれているという連絡があった。

村の空気は、揺れ動いた。終戦後も戦闘行動をつづけ、軍使まで射殺したソ連軍が不気味に思え、今後どのような処置をとるか想像もできなかった。

村長は、男たちを近くの村々に赴かせて情報を得ることにつとめていた。監視哨の無線電信は、師団司令部の機能の停止とともに通信が断たれ、無用のものになったので破壊されていた。

男たちの多くは、泊りがけで村々を歩きまわってもどってきたが、かれらのもたらした情報はさまざまだった。或《あ》る者は、樺太に在住する日本の男たちが全員シベリアかカムチャツカ半島に送られ、死ぬまで重労働を科せられるという話をつたえた。また他の者は、逆にソ連は樺太占領を果した後、日本に対して樺太南半分の租借《そしゃく》を許し、在留の日本人も今まで通りの生活ができるという話もきいてきた。ソ連軍が、各地で掠奪《りゃくだつ》、強姦《ごうかん》をつづけ、反抗する者は射殺しているという話をつたえる者もいた。

それらの情報は、村人たちの混乱を一層つのらせた。

自然に村人の間から、村を捨てて北海道へのがれようという声がきざしたが、反対する者の声におしつぶされた。樺太の日本租借が許されるという説があるかぎり、それを信じてこのまま村にとどまるべきだ、と主張した。北海道の食糧状態がきわめて悪化していることは村にもつたえられていて、そのような地に行くことを危ぶむ声が強かった。五十一戸の村民の大半は、北海道や内地にこれと言った身寄りもなく、乳根以外に故郷はなかった。

それに、北海道へのがれることは、家も土地も家財もすべて捨てることを意味する。営々と仕事をつづけてきたかれらには、堪えがたいことであった。

九月一日の午後、乳根岬の監視哨を破壊した兵二十四名が、隊長の軍曹《ぐんそう》にひきいられて村にやってくると、村長の家をはじめ七戸の家に分宿した。

かれらが加わったことによって、村人たちの意見は二分した。軍曹は、ソ連軍の占領政策がきわめて苛酷《かこく》なものになると予想されるので、少くとも軍籍にあった自分たちは北海道へのがれたい、と言った。村人たちは、情勢を的確につかんでいると思われる軍曹の言葉だけに動揺した。

軍曹に同調するように、村人たちの中から再び村を捨てる声がたかまった。

村長を中心に話し合いがおこなわれ、軍曹たちの強い要望にこたえる意味からも、試みに北海道へ一航海だけ出してみようということに話しがまとまった。

使用される船は、村にある三隻《せき》の動力船のうち光雄の父が所有している二十トンの動力船があてられ、軍曹以下の兵と北海道、内地に身寄りのある老人、女、子供二十一名が乗ることになった。他の村から得た情報によると、樺太からの脱出船を撃沈するためソ連の潜水艦が宗谷海峡一帯に配置されているとも言われていたので、出港は日没後に予定された。

しかし、村人たちの間には、船を出すことに悲壮感をいだくような空気はなかった。その証拠に、操船を引受けた三人の漁師の間から、どうせ船を出すなら塩鱒でも持っていってひと儲《もう》けしようという意見が出て、村長たちも同意した。

情勢が不穏であるのは理解できていたが、それを直接裏づけるものはなかった。ソ連軍が旧日本領の樺太全土を占領したと言われているものの、それらしい艦船の姿もなく飛来する軍用機も眼にしていない。海は、凪《な》ぎと荒天を繰返し、眼にできるものと言えば海猫《うみねこ》の群だけであった。食糧難がつたえられる北海道に、売りさばくあてもなく倉庫に山積されている鱒を運び、金銭に換えようとするのは自然のことに思えた。

その日、塩鱒が動力船に積まれ、さらに曳航《えいこう》する二艘の和船にも鱒が満載された。やがて日が没し、兵たちと携帯荷物を背負った六家族の者たちが船に乗りこんだ。船は、和船を曳《ひ》いて岸をはなれていった。

六日後の深夜、動力船が和船をひいて村の浜にもどってきた。乗っているのは漁師たちだけで、積荷は消えていた。

漁師たちの話によると、船は稚内港外に翌朝たどりついたが、港外には大型の船が並び、湾内にも小型船がひしめいていて接岸できない。その間隙《かんげき》を縫うようにして船を進ませ、翌日の夜にようやく北防波堤につくことができた。兵と家族の者を上陸させると、たちまち商人らしい男たちがやってきて、千本以上に及ぶ塩鱒に値をつけて運び去ったという。

期待通り鱒を売りはらうことができたのだが、漁師たちの口にした稚内の町の状況とそこで得てきた情報は、村人たちの顔色を変えさせた。町は樺太からの避難民で混雑をきわめ、かれらは無蓋《むがい》貨車で旭川《あさひかわ》方面に輸送されている。港内には樺太の各地から脱出者をのせてきた発動機船が接岸を争い、乗船者を上陸させると、あわただしく樺太にむかって引き返してゆく。脱出者の話によると、各地でソ連軍による事故が続発し、民間人の死者も多く出ているという。

その夜、村で開かれた集会で、第二船目を出すことがきまった。情勢は予想以上に緊迫しているので老人、女、子供を北海道にのがれさせ、再び鱒も運ぶことになった。ともかく金になる、という漁師たちの言葉に、異議をとなえる者はいなかった。海峡を渡った漁師が繰返し口にした「危険は感じなかった」という言葉に、村人たちの緊張も薄らいでいた。

その夜から海は荒れ、三日後の夕刻、気象状況が好転したので、再び光雄の家の船が鱒を満載した和船をひいて出発した。稚内町は混雑しているので、行先は紋別町が予定された。

一週間後、船はもどってきた。鱒は稚内町よりもさらに高値で売れ、漁師たちは腹巻から分厚い札束をつかみ出して村長に渡した。

かれらは、新たな情報をもたらした。ソ連軍は、宗谷海峡はもとより海上一帯の航行禁止を布告して、沿岸に多数の監視兵を配置し、海峡にも監視船を巡回させている。北海道に漁船で脱出する者が絶えないが、銃撃をうけたり捕えられたりする者がかなりの数にのぼっているという。

すでに九月下旬に入っていて、気温は低下していた。一ヵ月もたてば雪が来て、海上は時化《しけ》の日がつづく。その上、沿岸にはアイスクリンと呼ばれる薄氷がはりはじめ、またたくうちに堅い氷が結氷して、航行は不能になる。その時期までに北海道へのがれることができなければ、ソ連の軍政下にある樺太での生活を余儀なくされる。すでに村人たちは、樺太が日本に租借されるなどという説はなんの根拠もないことを知っていた。樺太にとどまることを口にする者はなく、すべての者が村を捨てて北海道へのがれることを望んでいた。

あわただしく脱出の準備がはじまった。村にとどまっている男女は百三十名余で、二度にわたって北海道へ向う手筈《てはず》をきめ、人選がおこなわれた結果、光雄は母、妹とともに第三航海目の船に乗るように指示された。村の倉庫には食糧営団から送られてきていた越冬用の配給米が百俵以上も貯蔵されていて、その半数と漁具、塩鱒その他を十艘の和船に積んで曳いてゆくことになった。船は光雄の家の船を使用し、村長をはじめ残る者たちは、二艘の動力船その他を利用して脱出することが定められた。

出発は二十五日の夕刻にきまり、その日は朝から鱒を船に積みこむ仕事をはじめた。

正午少し前、中知床岬方向から一隻《せき》の掃海艇が航跡をひいて早い速度で近づき、港外に停止した。見なれぬ旗が船尾に垂れ、ボートがおろされて岸についた。

女たちは裏山に逃げ、光雄も母と妹を山の樹林に急がせた。

光雄は、家の板壁のかげから浜をうかがっていた。初めて眼にする異国の兵であった。正しくは一ヵ月ほど前まで敵兵であった者と言うべきだが、紺色の制服を着たかれらが敵として意識された。体の大きい兵ばかりで、その中に背の低い少年のような者もまじっている。かれらのうち三名は自動小銃を腋《わき》にかかえ、他の者は拳銃《けんじゅう》を手にしていた。

拳銃も持たぬ国民服を着た小柄《こがら》な男が、浜に近い家に入って行くと、漁師を連れて外に出てきた。男は漁師と肩を並べて村長の家の方に歩き、その後から兵たちがゆるい坂道をのぼっていった。光雄は、かれらが国民服を着た者もふくめて十一名であることを眼でたしかめた。

しばらくすると、村長の息子が家々を小走りにまわり、村長の家の庭に集るように告げて去った。

光雄は、近所の家の者と村長の家に行ったが、姿をかくした者が多いらしく、庭には二十名足らずの男しか集らなかった。

下士官らしい初老の小太りの男を中心に、兵がこちらに顔を向けていた。かれらの表情はおだやかで、殊《こと》に下士官の口もとには笑みがたたえられていた。眉毛《まゆげ》と睫毛《まつげ》が金色に光っている兵もいた。

小柄な男は日本人かと思ったが、言葉に妙な訛《なま》りがあって日本人ではないことを知った。かれは、今日から村にソ連兵が駐留するが、少しの心配もいらない、と言った。

「本当です。心配はありません」

男は、繰返した。

さらに声を張りあげると、

「あなたたちは、北海道へ渡ることを考えてはいけません。航行は禁止されています。

北海道は食糧がなく、餓死者が沢山出ています。あなたたちが渡れば、必ず餓死します。このまま樺太で生活しなさい。それが一番幸せです。村長さんも協力を約束してくれました」

と、言った。

光雄は、村長に眼を向けた。村長の顔は青ざめ、無理に微笑《ほほえ》んでいるような歪《ゆが》みがうかんでいた。

その日、ソ連兵たちは漁業組合の事務所に行き、そこを仮宿舎にした。掃海艇は港外をはなれて北の方にむかい、乳根岬のかげに消えていった。

夜、村はずれの家でひそかに集会がもたれた。姿を現わした村長は、漁業組合の倉庫に積まれた塩鱒を眼にしたソ連兵の隊長が、通訳を通じて処分に困っているなら軍で買い上げてもよい、と言ったことを口にした。

思ったより奴《やつ》らは紳士的だ、と、村長は言い、同意する者が多かった。道で出会った漁師の一人は、大柄な兵が笑いながら握手を求めてきたとも言った。村人たちの間に、かすかに安堵《あんど》しているような空気が流れた。

北海道に船を出すことが話し合われたが、村にソ連兵が派遣されてきたのは脱出船を阻止するためにちがいなく、実行を延期し、かれらの動きを静観することになった。

その夜、村の男が数名漁業組合の事務所をひそかにうかがっていたが、ソ連兵は、建物の外に出ることはせず、午後九時頃《ごろ》にはランプを消して寝たようだった。他の土地では、銃を擬して女を犯す兵が多いというが、そのような気配はみられなかった。

翌日の夜も、村はずれの家に男たちが集った。

一人の男がためらいがちに、駐留兵の物柔かな態度から考えてこのまま村にとどまって漁をつづけた方がいいのではないか、と発言し、それに無言でうなずく者もいた。少しの間、沈黙がひろがったが、紋別町に行った漁師が、そのような考え方は甘いと非難し、かれらは銃をもっているがこちらはなにも持たず、いつ態度を豹変《ひょうへん》してどのような処置をとるかわからぬ、と激しい口調で言った。

その言葉で、村人たちは船を出すことを再確認し、実行を四日後にきめた。

村人たちは、監視兵の注意をそらすため翌日から漁に出て、八キロ沖の漁場に網を張った。鱒がなだれこむように網にかかり、浜に揚げた。女たちは裏山にひそんでいたので、男たちが塩鱒づくりをし、浜の近くの家に運び入れた。兵たちは、隊長とともに作業を物珍しそうにながめていた。

村人たちは、ひそかに船を出す準備をすすめた。夜、光雄の家の動力船に米五十俵をのせ、船を中知床岬方向十二キロの小さな湾に繋留《けいりゅう》した。さらに和船に各戸に貯蔵された塩鱒約三千本と漁具、携帯荷物等を分載して、動力船の傍《そば》に運び、米は空の和船に移した。

作業が終ったのは、船を出す予定日の明け方近くであった。

その日は、朝から村の船が総出で漁に出た。浜に鱒が運ばれ、村長は通訳に豊漁だと報告した。

日没後、裏山からもどってきた母は、あわただしく出発の支度にとりかかった。光雄や妹に冬着を何枚も重ねさせ、自らも気に入った着物を二枚着た。光雄は衣類を大きな小麦粉袋に詰めこみ、位牌《いはい》もその中へ入れた。母は握り飯を二十個作り、一升瓶《いっしょうびん》に水を入れた。

光雄は、母たちを連れてひそかに家を出ると、浜に行った。すでに荷を手にした男や女が待ち、磯船《いそぶね》が六艘もやわれていた。

全員が集ったことが確かめられ、船に分乗した。村に残る漁師たちが櫓《ろ》を操り、船は海岸沿いに南の方向へむかった。村を捨てる悲しみがつき上げるらしく、しきりに女たちの洟《はなじる》をすする音がしていた。月はなく、星がわずかに散っていた。

二時間後、船が動力船に横づけされた。光雄たちは、乗り移った。

船のエンジンが始動し、十艘の和船をひいて動きはじめた。磯船に乗った男たちは手をふって見送っていたが、すぐに闇《やみ》の中にとけこんでいった。

船は、光雄の父が古い運搬船を買って漁船に改装したもので、積載量は大きかったが動力が小さく、速度は出ない。その上、荷を満載した十艘の和船を曳いているので、動きはおそかった。

沿岸の監視兵に発見されることを避けるため、船は沖に出ると舳《へさき》を南に向けた。海はベタ凪ぎで、エンジンの音がきこえるだけであった。

光雄は、監視船のサーチライトで照射されるような不安を感じながら海に眼を向けていた。幸い、薄い霧が海上を流れていた。

中知床岬《なかしれとこみさき》の灯《ひ》が、かすかに点滅しているのが見えてきた。船は、樺太《からふと》の南端に突き出た岬からはなれようとしている。

やがて宗谷海峡に出たらしく、船が揺れはじめた。夜が明けぬうちに海峡を渡りきらねばならぬが、船脚は遅く、いつまでも灯台の灯が見える。普通の動力船なら乳根から北海道のオホーツク沿岸まで七、八時間で達すると言われているが、倍以上はかかりそうだった。妹は、母の膝《ひざ》に頭をのせて眠っていたが、母は灯台の灯を見つめていた。

灯が見えなくなった頃、空が青みをおびはじめ、海上が明るくなってきた。波のうねりがたかまり、曳かれた和船が上下する。霧が、わずかに濃くなった。

弁当包みを開く者がいて、母もかれに握り飯を渡してくれたが、一個食べただけであった。

霧の中に、小船が見えた。船内の者たちは緊張したが、樺太をのがれ出てきた船らしく、帆をあげて南の方向に動いている。こちらに顔を向けている女たちの顔がみえた。

正午近くになると海は時化《しけ》模様になって、船の動揺が増し、舳で割れる波しぶきが振りかかってくる。曳いた小船が互いに衝突し、船の速度は、さらにおそくなった。まだ海峡の半ばにも達していないようだった。

波のうねりが、たかまった。漁師たちが寄り集って海上に眼を向けながら、硬い表情でなにか話し合っていた。そして、船底に坐《すわ》っている老人の一人に意見をきいているようだったが、一人が船尾に行くと、和船を曳いているロープを解いた。船内の者たちの間から悲痛な声があがった。

和船の群は、波に激しく上下しながら霧の中に消えていった。

船の速度が、増した。そのうちに風が追風になり、潮の流れに乗って船は走りつづけた。

霧の中から、陸影が浮び上ってきた。一瞬、光雄は、樺太にもどってしまったのではないかと思った。が、なだらかな山をおおう濃い緑の色は、樺太の樹葉の色とは異っていた。眼前に近づく陸地が異国に感じられた。山の頂きに、西日がさしていた。防風林らしい樹林を背にした浜に、こちらに顔を向けている人たちが見えた。船は浜に近づき、舳を砂地にのしあげた。浜にいるのは男たちで、海にふみこんでくると船べりをつかんだ。

「みんな無事か。死人はいないか」

顎《あご》の張った男が、船内に探るような眼を向けた。

「一人残らず元気だ」

漁師が、答えた。

母が急に泣声をあげ、妹を抱いた。光雄は、母だけが泣いているのが恥しく、立ち上ると荒々しく小麦粉袋をかついだ。

光雄たちは、浜にいた男に連れられて海岸沿いの道を歩き、缶詰《かんづめ》工場と書かれた古びた板のかけられた門をくぐった。

板壁のはがれた寄宿舎らしい建物には、多くの女や子供の姿がみえ、七輪や石油缶で作った竈《かまど》で煮《に》炊《た》きをしている女もいた。工場の内部にも人がいて、そこでも炊煙があがっていた。

光雄たちが収容されたのは、選別場という木札のかかった広い作業場で、その一隅《いちぐう》に荷をおろした。世話係らしい男が来て、作業場の隅《すみ》に積まれた厚い蓆《むしろ》を渡してくれた。光雄たちはそれをコンクリートの床に敷きつめた。建物は海ぎわにあって、波の音が壁ごしにきこえていた。

しばらくすると、高粱《コウリャン》のまじった握り飯とスルメ烏賊《いか》が配られた。作業場に、裸電球がともった。ランプしか知らぬ老人や子供たちは、珍しそうに電球を見上げていた。

町の吏員がやってきて、一人一人の氏名、年齢を記録し、北海道か内地に身寄りのある者がいるかをたずねた。親戚《しんせき》はいても身を寄せるほど深い関係にはなく、どこにも行くあてのない者ばかりであった。

吏員が、村の男二人を連れて作業場から出て行った。男たちは三十分ほどしてもどってきたが、表情は暗かった。

かれらは、吏員に食糧はなにもないのかと問われ、米と塩鱒《しおます》を満載した和船を途中で捨てたと答えた。吏員は、当惑したように顔をしかめた。樺太から脱出してきた者たちの大半は、たとえ帆がけの小船に乗ってきた者でも食糧を積んできていて、当座しのぎをしているという。町の食糧事情は悪く、玄米以外に高粱、澱粉《でんぷん》が配給されていて、その割当て量をへらして避難者に支給している、と言った。

しかし、吏員は表情をあらためると、

「心配しなさんな。町では支所にあんたたちの配給食糧をまわしてくれるように働きかけている」

と言い、来春には町はずれの荒地を無償で割り当てるので、そこに家を建て、土地を開墾して畠《はたけ》をひらけばよいと言った、という。

「船さえ曳いてくれれば、肩身の狭い思いもせずにすんだのに……」

男の一人が、息をつくように言って蓆の上に坐りこんだ。

その夜、風が吹きつのり、作業場は揺れた。激しい雨が屋根をたたき、押し寄せる波の音に光雄は何度も眼をさました。

翌朝、光雄は、乗ってきた父の船が水船になって沈んでしまったことを耳にした。老朽化した船は、激浪に堪えることができなかったのだ。

かれは、自分たち家族には衣類以外になにもなくなったことを知った。

その日から、かれは村の男たちと朝から浜に行って海峡を渡ってくる者たちを岸にあげたり、死体の埋火葬を手伝ったりするようになった。それは、食糧を持たずに町へたどりついた負い目からでもあって、休む者はいなかった。

初めて浜に船をつけた時、死人は？　と問われた意味も理解できるようになった。食糧は携えてこなかったが、煩《わずら》わしい死体がなかったことがせめてもの救いだった、と思った。

浜に出掛けていったかれは、さまざまなものを眼にした。

無人の和船が川口に漂着するのを見たこともあれば、女だけが七人乗り、しかも米俵を二十俵近くも積んだ船も眼にした。海が荒れた後には、浜や磯に打寄せる漂着死体が多かった。大半は腐臭を発し、なぜかわからぬが首から上の部分がちぎれたように欠落したものもあった。船や遺体が漂着するのは町の海岸だけではなく、近くの町村にもみられるが、町の浜や磯が最も多いという。動力船は、稚内港をはじめオホーツク海沿岸の港に入るが、馬力の乏しい船や帆かけ船は、潮流と北西風に押されるようにして町の浜に近寄ってくる傾向が強いようだった。

母は、父が帰還することに期待をいだいていたが、ほとんど実現の可能性がないことをかれは知っていた。大泊《おおとまり》からのがれてきた者の話によると、俘虜《ふりょ》となった将兵は武装解除後復員の措置もとられず、各地に集められていずこともなく運び去られたという。かれは、母の悲しみを予想し、それを告げることはしなかった。

海では、その年最後の漁である秋刀魚《さんま》漁がおこなわれていた。帆かけ船の群が沖合に網をはり、かかった秋刀魚を陸揚げする。缶詰工場に収容された者たちにもそれらが配給され、夕方になると魚を焼く煙で建物の内部も外もむせ返るほどであった。

かれは、浜にたどりつく者たちを収容する仕事をつづけているうちに、思いがけぬ男たちがいることに気づいた。漁師らしい者たちで、船に乗った女や子供たちを岸にあげさせると、上陸することもせず、船をもどして沖に去る。そして、数日後には、他の者たちを船に乗せて浜に近づいてくる。

光雄は、ようやくかれらが樺太、北海道間を往復して、脱出者を町の浜に運ぶことを繰返しているのに気づいた。乗ってきた者たちの話によると、かれらは、船に乗せる者たちから大人、子供の別なく一人三百円の謝礼を受け、中にはその代りに米一俵を受け取る者もいるという。船には、常に三十人近くの者が乗っていた。

光雄は、かれらの大胆さに呆《あき》れた。かれらの船は例外なく三、四トンの小動力船で、速度はおそく、監視船に発見されればたちまち捕えられる。航行禁止が布告されてから監視のため飛行機も海峡を飛び交っているというし、それらの眼を避けることは容易でないはずだった。

しかし、かれらは特殊な勘でもそなえているのか、数日置きに民間人や兵までのせて船を浜に寄せてくる。かれらの顔には、日常の仕事を繰返しているような表情しかうかんでいなかった。浜の者たちは、かれらを運び屋と呼んでいた。

海峡は想像しているより危険がないのかも知れぬ、と光雄は思った。自分たちも村をはなれた夜、監視船や陸岸からサーチライトで照射されることはなく、眼にした光は岬の灯台の点滅する灯だけであった。

海峡の半ばにも達せぬうちに早くも夜が明けたが、海上で眼にしたのは脱出者を乗せた帆かけ船だけで、監視船の船影もなく飛行機の爆音も耳にしなかった。浜に引き揚げられた船の中には銃弾の痕《あと》が刻まれ、漂着死体に銃撃された痕がみられるものもあるが、それらは稀《まれ》な不運な例なのかも知れぬ、とさえ思った。

運び屋と呼ばれる者の無謀とも思える行為は、缶詰工場に収容されている多数の漁師たちの落着きを失わせた。かれらは、運び屋が浜に船を寄せてくる度に海水に足をふみ入れて近づき、海峡の模様や樺太の情勢をたずねたりしていた。

十月中旬に入って間もなく、三人の漁師が脱出の折に使用した三トンの動力船で樺太に向ったことを知った。かれらの妻は押しとどめようとし、泣きわめきながら夫にしがみつく者もいたが、かれらは沖に去った。

動機は、切実なものであった。樺太で農業に従事していた者たちは、町から提供される荒地を開墾することもできるが、漁師たちは海以外に生きるすべを知らない。かれら三人の漁師は、樺太の故郷の地に残してきた漁具をとりに引返していったのだ。かれらが無事に海峡を越え、ソ連軍の駐留しているだろう地に上陸し、漁具を探し出して引返してくることは、ほとんど不可能に思えた。もしも監視兵に捕えられれば、密航者として拘禁《こうきん》され、苛酷な処罰を受けるにちがいなかった。

光雄は、浜で仕事をしながら船が岸に近寄ってくるたびに、かれらの姿を眼でさぐったが、いずれも脱出者を乗せた船であった。

かれらが樺太に向ってから一週間ほどたった頃《ころ》、夕方、浜から工場にもどった光雄は、寄宿舎の一室にかれらの中の一人がいるのを眼にして、足をとめた。漁師は、手《て》拭《ぬぐい》で鉢巻《はちまき》をし、家族と夕食をとっていた。

工場の内部では、三人の漁師の帰還が大きな話題になった。かれらは深夜、故郷の村の近くに船をつけ、昼間は洞穴《ほらあな》にひそんで駐留兵の動きをうかがい、日没後、漁業組合の倉庫に忍びこんで漁具類を運び出し、船に載せた。そして、次の日の夜、船を出して引返してきたという。

かれらがもどってきたことは、工場に収容されている者たちに異様なほどの興奮をあたえた。漁具を残してきた他の漁師たちも、翌日の夜から樺太に船を出すようになった。遠い山には、すでに雪が来ていて白い輝きが望まれた。

漁師たちは、つぎつぎにもどってきた。漁具のみを積んできた者が大半であったが、米を三十俵も持ち帰った者もいた。米は町役場に渡され、公定価格に海峡往復の運賃を加算して買い取られた。漁師たちの中には、再び樺太へ引返す者がいたが、十一月に入ると四艘のうち三艘がもどらず、それからは樺太に向う者は絶えた。

光雄の村の漁師は、そうした騒ぎにも無縁だった。かれらは海峡で和船を放し、動力船も時化で沈んでしまっていたので、樺太に引返す手段はなかった。村を脱出する予定になっていた六十余名の残留者が町の海岸に上陸すれば、乗ってきた船を使用することもできたが、姿をみせなかった。稚内《わっかない》その他の地に上陸したなら、光雄たちのいる工場に訪れてくることもあるはずだったが、消息はなかった。

浜に近づく船は減り、漂着死体もほとんどみられなくなった。脱出希望者が少くなったのか、それとも捕えられたのか、運び屋の姿を眼にすることもなかった。

波打ちぎわに薄氷が浮ぶようになり、初雪が舞った。光雄たちは、浜に出ることもなく工場内で日を過していた。役場から一人当り敷ぶとん一枚と軍用毛布三枚が支給された。町は、雪におおわれた。

秋刀魚漁も終り、十二月に入ると漁船は陸に引き揚げられた。海には氷が張り、漁は翌年三月下旬まで休漁になった。町に静寂がひろがり、道に人の姿を見ることも稀であった。

妹が、他の子供たちと小学校に通いはじめた。中学校は八キロへだたった隣接の町にあったが、母と妹をかかえた身では、学校に通うことなどできるはずもなかった。農業はもとより漁業も知らぬかれは、どのようにして生きていったらよいのか見当もつかなかった。

工場に収容されている者たちは、無聊《ぶりょう》をまぎらせるため所々に寄り集って話し合うことを楽しみにしていた。話題はほとんど進攻してきたソ連軍のことと避難した折のことで、同じ話を繰返す者がいても、かれらは熱心に耳を傾けていた。かれらの口から洩《も》れるのは、野ざらしにされた死体の群であり、銃爆撃を浴びせるソ連機や婦女を襲うソ連兵たちのことであった。集団自決や、子を殺し自らも縊死《いし》した女のことを話す者もいた。

光雄の村の者たちは、かれらの話に加わることもなく、寄りかたまってひっそりと過していた。

村の者たちは、時折り村に残してきた男たちのことを口にした。かれらが脱出してきた気配がないのは、村人の半数が消えたことをいぶかしんだ駐留兵が、監視を厳しくした結果かも知れなかった。それとも、駐留兵が生活をおびやかす危険な存在ではないと感じたかれらが、村を捨てる必要もないと考え、そのまま村にとどまっているとも想像された。

「あの隊長たちは、紳士的だったからな」

一人の男が低い声でつぶやくと、他の者たちも無言でうなずいた。

そうした言葉は、他の収容者たちの前で口にできぬものであることを、村人たちは知っていた。村人たちが接した戦争は、おだやかな笑みをたたえた駐留兵たちの顔であり、握手を求めてきた折のかれらの大きい掌《てのひら》の温い感触だけであった。光雄は、自分たちが収容者の中で孤立していることを感じた。

十二月下旬、海が結氷しはじめた。町が、北海道で最も早く流氷の接岸する地だということをきいていたが、その前触れである結氷の時期は、故郷の村とほとんど差はなかった。

年が明けて間もなく、光雄は沖合一帯に白いものを眼にした。それは流氷の群で、停止したまま動かなかった。

三日後、夕刻から北風が吹き、その夜、手洗いに起きた光雄は、海の方向でかすかに軋《きし》むような音を耳にした。それは、かれにとってなつかしい音で、故郷の村にいるような錯覚をいだいた。流氷が来ている、とかれは思った。

翌朝、かれは、海岸から遠く沖合まで海が氷に分厚くとざされているのを見た。氷は複雑に起伏し、所々に隆起した氷丘もある。気温は、零下二十度に低下していた。

流氷は一ヵ月間動かなかったが、或る朝起きてみると沖に去り、遠く氷の輝やきがみえるだけになっていた。が、二日後の夜、再び岸に押し寄せ、海は氷におおわれた。

そうしたことが何度か繰返され、岸にもどってきた流氷に押し出されたおびただしい毛蟹《けがに》が岸辺に這《は》い上り、人々はそれらを争って獲《と》ったりした。

三月に入ると気温がゆるみ、流氷は岸をはなれて、やがて沖から消えた。町の漁師たちは、海あけにそなえて漁具や船の手入れをはじめた。

その月の下旬、町の漁師たちは一斉《いっせい》に船を出した。初めの仕事は、結氷前に海底に据《す》えた鉄線で編まれた籠《かご》を揚げることで、内部にはいずれもタラバ蟹や毛蟹がひしめいていた。

蟹漁はそのままつづいたが、やがて網に鰊《にしん》がかかりはじめ、町は活気をおびた。

収容された者のうち漁業に縁のない者たちは町はずれの土地をあたえられ、樹木を伐《き》って草葺《くさぶ》き屋根の小舎《こや》の建築にとりかかった。また漁師は町の漁業組合の許可を得て船を出し、持船のない者は町の漁船に雇われた。根雪は消えていた。

光雄は、役場の斡旋《あっせん》で魚類の水揚げ場で働くようになった。母は持病の神経痛で外に出ることもできなかった。

給料は僅《わず》かであったが、作業を終えた後、水揚げ場に残った魚を拾って持ち帰ることができ、食糧に事欠くことはなかった。

底曳《そこび》き網に、しばしば鮫《さめ》がかかるようになり、それらは解体して町のかまぼこ業者に売られていた。

六月に入って間もなく、水揚げ場の一郭で人が寄り集っているのに気づいた。かれは、並んだ鮫を避けながら近づいた。

大きな解体刀を手にした男の指先に、男たちの眼が向けられていた。男の指につまれているのは、光った金製の指輪であった。幅が広く、印鑑のように姓が刻まれている。

近寄ってきた男の問いに、解体刀をつかんでいる男が、足もとの鮫に眼を向けると、

「腹の中から出てきた」

と、言った。

光雄は、背筋が冷たくなるのを感じながら男の指先を見つめた。鮫の腹部に残されていたというが、妙な光沢がある。海峡を越える途中で海に投げ出され、鮫に食い裂

かれた者の指輪にちがいなかった。

男は、水に濡《ぬ》れたコンクリートの床に解体刀を置くと、指輪を手に事務所の方へ歩いていった。

光雄は、足元の解体されかけている鮫を見下した。大きな鮫で、臓物が床にはみ出ている。

指輪の光沢を思い浮かべながら白い臓物をながめた。指輪は、戦争がまちがいなく実在したことをあらためてしめしているが、かれの実感は相変らず淡く漠《ばく》としている。もどかしさに似た感情が湧《わ》いたが、それもすぐに薄らいだ。

かれは、長靴《ながぐつ》で所々に水の溜《たま》った床をふみながら、鰊の詰められた箱の積み上げられている場所にもどっていった。


（「新潮」昭和五十五年十二月号）

焔︎えん

髪︎ぱつ

一

境内に、動くものはない。巨大な木造の建築物と樹齢をかさねた林立する樹木に、音という音がすべて吸収されたように物音も絶えている。内庭をかこむ回廊の一部が、解体されていた。回廊は銃爆撃をうければたちまち炎につつまれ、大仏殿に類焼することはあきらかなので、それを避けるため解体作業がすすめられていたが、終戦と同時に中止された。

玄照《げんしょう》は、欠けた回廊のかげに身をひそませ、大仏殿の入口に眼《め》を向けていた。背後に、弟子の明恵《みょうけい》が立っている。明恵は、境内の一隅《いちぐう》に作られている菜園から作物を運んで帰る途中、中門の中に入ってゆく二人の進駐軍兵士を眼にした。明恵は、院に走り帰り、玄照は執事長に電話をかけて報告し、その指示で大仏殿に急いだのだ。

明恵は、女の姿も見たという。中門をくぐったかれらがすでに立ち去ったとは思えず、内部に入って大仏を見上げたりしているにちがいなかった。

執事長は、すぐに管長に連絡して塔頭《たっちゅう》の住職たちを集める、と言った。寺にとってこのような時がやってくることは十分に予測していたが、執事長の声にはそれが現実のものになったことを知った緊張と強い不安がにじみ出ていた。

終戦の日は、例年通り早朝から各塔頭で盂蘭盆《うらぼん》の勤行《ごんぎょう》がおこなわれ、正午の天皇の放送で敗戦を知った。玄照は呆然《ぼうぜん》と坐《すわ》りつづけていたが、大仏殿をはじめ寺の建造物と諸仏が戦火をまぬがれることができたことに安堵《あんど》も感じていた。

その日、管長宅に集った住職たちは虚《うつ》ろな表情をし涙ぐんだりしていたが、新たな不安にとらわれるようになった。翌日、陸軍の地区司令部から十日後に催されることになっていた英霊の合同慰霊祭を中止するという連絡があり、午後、係長に引率された女子雇員八名が、慰霊祭にそなえて寺内に安置されていた戦死者の位牌《いはい》調査のため来山した。さらに翌日には陸軍曹長《そうちょう》にひきいられた十余名の兵によって位牌が広間に並べられ、二日後に遺族たちに引渡された。それらの位牌は、地区司令部にとって、終戦と同時に焼却された軍関係の図書類などと同じように処分すべき物になっていたのだ。

あわただしい司令部の動きに、寺の者たちは、古くから維持されてきた寺の秩序がかなりの変化を強《し》いられるらしいことに気づいた。降伏条件には宗教の自由を認める旨《むね》が記されていて仏教そのものが否定されるとは思えなかったが、軍と協調して勝利祈願等の数々の催しをおこなってきた寺に、連合国側の予想もつかぬ指令が伝えられるかも知れなかった。

戦死者の位牌が遺族たちに交付された後、境内に人の訪れは絶えた。食糧不足は深刻で、人々は生きることのみに専念していて、寺に足を向ける者はいなくなっていた。寺とその周辺の風物に似たものになっていた鹿《しか》の姿を、眼にすることもなくなっていた。戦争末期に鹿は日を追うて減っていったが、それは鹿を食糧とする者たちの密殺によることはあきらかだった。境内の所々に血の跡がみられ、時には鹿の遺体を丸太に吊《つ》るして足早やに運び去る男たちの姿を見かけた者もあった。密殺をまぬがれた鹿は、人の姿におびえて寺の周辺をはなれ、群をなして春日《かすが》山方面に移ったという。

八月末、米軍が関東地方に初進駐し、近日中に関西地方への進駐も開始されるという報道があった。新聞には進駐軍に対する心構えについての記事が連載されていたが、それは掠奪《りゃくだつ》、婦女暴行が頻発《ひんぱつ》するおそれがあることを暗示するものであった。東京郊外の立川《たちかわ》地区に進駐した米軍の司令官布告が新聞の一隅にのっていたが、それには、進駐軍の自動車を追い越した日本人の自動車運転者を射殺する、とも記されていた。

玄照たち住職は、しばしば大仏殿、二月堂、三月堂などでお勤めをし、その後白湯を飲みながら世情についての不安を口にし合った。食糧事情のことが話題になり、ついで進駐軍が寺に対してどのような動きをしめすかが話し合われた。外地で日本軍が食糧徴発や婦女暴行を日常のように繰返したことが兵隊経験のある者の口からもれると、他の者たちは硬い表情をして口をつぐんだ。二十近い塔頭の住職とその弟子の半数近くは出征し、復員した者も実家にもどってしまった者が多く、住職は四十二歳の玄照たち三人の僧以外は老齢者ばかりであった。明恵は入営したが肺疾患で即日帰郷し、そのまま院にとどまっていた。

九月二十五日、住職たちは誘い合わせて管長の家に集った。その日の朝刊に、米第六軍の将兵四万一千余が、第五艦隊に守られた輸送船団で和歌山港に上陸、関西方面に進駐する予定であることが記されていた。関西方面への進駐は、関東地区から列車その他でおこなわれると予想していただけに、輸送船団の和歌山入港は、突然の上陸といった印象であった。当然、奈良にも米軍が進駐してくるはずで、それに伴って寺にも占領政策の指示が下されるにちがいなかった。

その日、人の訪れがあった。それは広告業者で、連合国軍の進駐に際して境内各所に英文による木札を立てる仕事を引受ける、と言う。男は、寺にやってくる進駐軍将兵に粗暴な行動をとらせぬためには見物という意識をあたえる必要があり、それには案内板を立てるべきで、他の進駐地区でも同じような処置がとられている、と説いた。ともかく刺戟《しげき》をあたえぬことです、と男は繰返した。

男の説明に反対する者はなく、男と執事長との間で木札を立てる個所の打合わせがおこなわれた。

翌日から和歌山線経由で米軍が京都、大阪、神戸に続々と輸送され、奈良でも元第三十八連隊の兵舎に下士官・兵が、登大路附近の接収された高級住宅に将校が住みついたという話が伝えられた。

玄照たちは、ひっそりと日を過した。奈良に進駐した米軍の来山が予測されたが、なんの指令もなく境内は森閑としていた。

玄照は、回廊のかげに身をひいた。大仏殿の柱のかげから薄茶色い軍服を着、帽子をかぶった長身の男が姿を現わし、その後から同じ服装をした男たちが出てくるのが見えた。

初めて眼にする異国の軍人たちであった。男たちの肩には、自動小銃が革ベルトで吊るされ、銃身が光っていた。

その後から、華やかな色彩が出てきた。原色の服を着た女たちで、米兵に比べると一様に背が低く、子供のように見える女すらいる。

米兵がつづいて現われた。明恵は二人を眼にしたと言ったが十五名で、女も同数であった。

かれらの中の一人がしきりにおどけたような身振りをし、その周囲から笑い声が起っている。かれらは、肩を組んだりして写真撮影を繰返していた。

玄照は、かれらの陽気な態度から察して寺側に対する指示をあたえに来た者たちではないらしい、と思った。かれらは、女たちの手をにぎったり肩を抱いたりして連れ立って中門の方へ歩いて行く。おどけた仕種《しぐさ》をつづけている米兵が、金銅《こんどう》八角燈籠《どうろう》の前で足をとめ興味深そうに見つめている。玄照は、燈籠を傷つけられるような不吉な予感におそわれたが、米兵はすぐに歩き出すと、他の者たちと中門をくぐり石段をおりて行った。

玄照は、回廊に沿って進み、角からかれらの動きをうかがった。米兵たちは女ともつれ合うように、松の幹の間を見え隠れしながら南大門の方に遠ざかっていった。

二

農村地帯へ買出しに行った妻が、大仏殿の裏手にある講堂跡の近くで鹿を眼にした、と言った。鹿は牡《おす》で、樹林の奥にゆっくりと去っていったという。密殺をまぬがれて寺の周辺にひそんでいた鹿か、それとも春日山方面から人気の絶えた境内にもどってきたのかも知れなかった。

かれは、あらためて時代の変化の激しさを感じた。戦前には寺の境内に数多く姿を見せ、来山者に餌《えさ》をあたえられていた鹿も今では眼にすることがなく、寺を訪れてくる人もいない。仏像をおさめた多くの建築物と樹木と、そして苔《こけ》におおわれた土や石畳があるだけで、人と言えば寺の数少い関係者のみになっている。妻の眼にしたという鹿と自分たち住職の境遇が重り合った。その牡鹿《おじか》と同じように、自分たちも寺とその周辺から去りがたく日をすごしているのだ、と思った。

寺の秩序は、戦時中も変ることなく守られていた。十代で院に住み込み、修行をつづけて住職にもなった玄照は、寺の厳しい規律を好ましく思い、そうでなければならぬ、と信じていた。それだけに、その年の早春におこなわれた二月堂お水取りの行事は印象深かった。例年通り二月二十日から戒壇院別火坊での合宿をへて、三月一日以後半月間にわたって行法がつづいた。

その年の初め頃《ごろ》から関西地区に対する空襲がはじまり、寺の上空がアメリカの爆撃機編隊の退避コースにあたっていたらしく、その通過がしばしばみられた。町々に灯《ひ》は絶え、寺でも燈明をあげることはいちじるしく制限されていた。大仏殿は世界最大の木造建築物として尊重されてきたが、戦時下では扱いかねる大きな可燃物であり、各堂におさめられた諸仏は容易に砕け散る脆《もろ》い人工物であった。玄照たちは、爆弾の投下によってそれらが無に帰することを恐れていた。

行法がはじまると、練行衆が大松明《たいまつ》に先導されて二月堂内陣に入る。その炎は燈火管制の趣旨に反するもので、松明を使うか否《いな》かが討議された。古くから絶えることなくつづけられた重要な行事は守るべきだという主張と、松明を使用することは寺そのものが爆撃目標になり焼失することにもつながるので中止すべきだという意見が対立し、激しい論議が繰返された。その結果、前者の意見が過半数を占め、十二日のお水取りの日にも大松明が焚《た》かれ、それを手にした僧が百余段の石段を駈《か》け登り、回廊で振りまわした。

翌日の夜、空襲警報が発令され、十一時過ぎに西の空が朱色に染りはじめた。炎の色は急速にひろがり、境内もわずかに赤く明るむほどであった。焼夷弾《しょういだん》が投下されているのは大阪で、玄照たちは夜を徹して寺内を巡回した。午前三時頃、帰投するアメリカ爆撃機のエンジン音が上空を過ぎていった。

雨が降りはじめ、夜が明けた。境内には到《いた》る所に風に乗って運ばれた焼け焦《こ》げの紙片が無数に散っていた。

被災者が町にも入りこんできて、かれらの口から被害状況がつたえられた。来襲機は大型爆撃機多数で、大阪の大半が炎におおわれ尚《なお》も延焼中で、天王寺の塔をはじめ多くの仏閣も焼失したという。

十五日は、お水取り満願の日で大松明による達陀帽《だったんぼう》の行事がおこなわれることになっていたが、さすがに大松明の使用は中止された。

焼け焦げた紙片は長い間境内に残り、玄照たちの空襲に対する恐れをつのらせた。地方の中小都市も次々に焼き払われていて、寺が奈良の町並とともに炎につつまれるのは時間の問題に思えた。

空襲警報が連日のように発令され、玄照たちの不安は増した。それを裏づけるように四月初旬、文部省の係官が県庁の吏員とともにやってきて文部省側の意向をつたえた。それは、国宝級の仏像の疎開《そかい》をうながすもので、その指示にもとづいて半月後に県の内政部長から三月堂内の八体の仏像を疎開し、さらに天平、鎌倉《かまくら》両時代の混淆《こんこう》建築物である三月堂も解体して国宝の焼失を最小限度内におさえるようにという通達があった。文部省では、法隆寺の百済《くだら》観音の疎開、金堂、五重塔の解体も指令したという。

その通達は、寺の関係者に大きな動揺をあたえた。寺が平城京の外京に地を構えてから千二百年近くの間、治承四年、永禄十年の兵火に遭《あ》って焼失したが、その都度復興され伽藍《がらん》と仏像が残された。建物の解体、仏像の疎開は、寺が造営されて以来異例のことで、伝統を厳しく守ることに終始してきた寺にとって、堂を毀《こわ》し、仏像を他の地に運ぶことなど考えもしていなかった。

塔頭会議が開かれたが、たとえ戦火にあって焼滅しても前例のないことをすべきではないと強く主張する者と、戦時であることを考え国宝を守るため文部省の指令に従う方が賢明だと強調する者の間で、激しい論議が交された。玄照は後者に属し、前者の主張を繰返す執事長をはじめ老齢の住職たちをにがにがしく思ったが、かれらの頑《かたくな》な態度が今まで寺の伝統を長い歳月継承させてきた原動力であることにも気づいていた。

一応の結論が出たのは、通達があってから一ヵ月余もたった六月初旬で、三月堂を近々のうちに解体することが県庁に報告された。が、仏像を遠隔の地に疎開させることについては、執事長をはじめ老齢の住職たちが拒否の姿勢をくずさず、討論がつづけられた。かれらは、戦時下の緊急措置であるという文部省の意向に不本意ながら従って三月堂の解体に同意したが、仏像については、具体的な理由をあげて反論した。むろん三月堂を解体すればすべての仏像を大仏殿等に移さねばならぬが、それは寺内の移動であって傷つくおそれも少い。だが、長距離を運搬することには同意できぬと主張した。疎開像に指定されている金剛力士像二体、梵天《ぼんてん》、帝釈《たいしゃく》像二体、四天王像四体は、その構造からみて運搬途中にかなりの破損はまぬがれず、それは仏門に身を置く者として堪えがたいことだ、という。

玄照たちにも、仏像が傷つくことは十分に予想された。三月堂の諸仏は、本尊の不《ふ》空羂索観音《くうけんさくかんのん》像をはじめ脱活乾漆《かんしつ》法によって作られたものが多く、疎開像に指定された八体の仏像もそれに属する。その技法は中国から伝来したもので、まず土で像の形をつくり、その上に麻を巻き漆で塗ってかためることを繰返した後、中の土をすべて除去する。つまり内部は空洞《くうどう》で、その部分に木組を入れて心木とし像を支えているだけであった。素材も硬いものではなく、なにかに接触すれば容易に傷つく。

執事長たちの主張は強硬で、疎開を口にしつづけていた玄照たちも黙しがちであった。たとえ爆撃で飛散し焼失しても、それは過去の兵火によるものと同じように災厄《さいやく》として受けいれるべきだというかれらの意見に、気持がぐらつくようにもなっていた。

しかし、六月中旬、県庁の係官、技師の来山によって、長い間繰返されていた討議は打ち切られた。八体の仏像の疎開はすでに決定されたことであり、寺側が異論をさしはさむ余地はなかった。そして、その日から係官たちの動きはあわただしくなり、寺側と実施方法についての打合わせがおこなわれた。

仏像の疎開に同意していた玄照たちは、管長の指示で係官たちとの応接に当った。まず疎開地としては、空襲の被害を受けるおそれのない山中の寺院が物色され、柳生《やぎゅう》街道沿いの忍辱山《にんにくせん》にある円成寺《えんじょうじ》と柳茶屋から北へ二キロの位置にある正暦寺《しょうりゃくじ》がえらばれた。そして、係官が実地に調査した結果、両寺とも本堂が広く仏像を預けるのに適していることがあきらかになり、金剛力士像二体、梵天、帝釈像は円成寺に、四天王像は正暦寺に運ぶことが決定した。

運搬方法については、円成寺、正暦寺への道がせまく急坂も多いので、牛車で運ぶことが考えられた。が、車体の動揺で仏像がいちじるしく破損するおそれがあり、人力によって運ぶ以外に方法はないという結論に達した。

しかし、運搬人をそろえることは至難であった。寺にはそのような労働に堪えられる者はいず、県庁にもいない。手足の健全な男たちは軍籍に入り、それ以外の者たちも軍需工場に徴用されていて、仏像を運ぶに必要な体力のある男たちを集めることはできるはずもなかった。

解決策を見出《みいだ》すことはできず、仏像の疎開を実施することは不可能だという空気が濃くなり、係官と技師は困惑した表情で県庁へもどっていった。

しかし、四日後、係官から寺に電話があり、人夫の手筈《てはず》がついたと伝えてきた。東京で戦災による死体の処理が囚人《しゅうじん》の手でおこなわれていることを知った県庁では、奈良の刑務所に囚人の使用を申し込み、刑務所は司法省刑政局の承認を得て派遣に同意した。囚人は刑の軽い優良囚で、しかも仏教に信仰心をいだく者たちがえらばれる、という。

玄照たちは、体力をそなえ、しかも労働を提供することのできる男が皆無に近いのに、そのような男の集団が存在していたことに気づき、それを思いついて使用する手筈をととのえた役人たちに、自分たちとは異った才覚を感じた。囚人たちとの接触に不安気な表情をする者もいたが、刑務所からは囚人の扱いになれた看守たちが同行してくるはずで、労賃もほとんど無料に近く、運搬人として願ってもない者たちに思えた。

県庁側との打合わせが終り、管長の指示で七月十三日、仏像発遣法要が三月堂でおこなわれることになった。が、その前日、執事長が管長に辞職願を提出した。疎開準備が進められている間沈黙を守っていた執事長は、あくまで仏像の移動に反対する意志の変らぬことをつたえ、法要に参加することも拒んだ。管長は慰留につとめたが、辞意がかたいことを知り辞職願を受理した。

法要には、県庁側からも十数名の吏員が参列、堂内に読経《どきょう》の声がみちた。

疎開作業は八月初旬が予定されていたが、七月二十二日、奈良にアメリカ艦載機が飛来、駅とその周辺に機銃掃射を反復したため予定を繰上げ、翌々日に作業をおこなうことになった。

その日も朝から空襲警報が発令されていたが、金剛力士像二体が第一回の搬出分として円成寺に送られ、さらに五日後に梵天、帝釈の二像が円成寺本堂におさめられた。寺側からは玄照が立合い、県の係官、技師も同行した。

七月三十日には正午すぎに艦載機が奈良駅附近にロケット弾を発射したので、正暦寺への四天王像の搬出を急ぎ、八月八日にすべてを終えた。その間、県庁では三月堂の日光、月光《がっこう》両菩薩《ぼさつ》像も大柳生北方の南明寺に疎開することを内定、準備を進めるよううながし、吏員の手で大仏殿回廊の解体もはじめられた。が、それらの作業も、終戦と同時に中止された。

市内に駐留している米軍の状況が、寺にもつたえられてきた。下士官・兵のキャンプ地の近くには慰安所が設けられ、街娼《がいしょう》の姿も多くみられるという。将校用として接収された住宅は畳がはがされて床板が張られ、柱、鴨居《かもい》などすべてにペンキが塗られ床の間にはバスが据《す》えられているともいう。風俗習慣の異る進駐軍が、古い伝統をそのまま保つ寺にどのような動きをしめすか、予測もつかなかった。境内には、広告業者の手で英文の案内板が数多く立てられたが、その後、米兵の訪れはみられなかった。

秋が深まり、樹葉が黄ばみはじめた。鹿を見た者はなく、玄照の妻が眼にしたという話にいぶかしそうな表情をする者すらいた。

十月下旬、全国各地にある美術的価値の高い仏像が賠償物としてアメリカ側に引渡されるという説が、他の寺々から流れてきた。食糧の欠乏を救うため、国宝級の仏像その他を渡し、その代償に救援食糧を提供してもらう折衝が東京ではじめられているという。

寺には、三月堂を中心に日本の代表的な仏像が安置され、その話が事実ならまず第一に賠償の対象にされることはあきらかだった。

寺では、早速電話で真偽を県庁にたずねた。係官は、そのような話を耳にしてはいるが、それに関する中央からの指示はない、と言い、その曖昧《あいまい》な回答が一層その説を裏づけるものに思えた。三月堂の内陣におさめられている国宝の仏像は本尊以下十二体で、四体が疎開されずに残っている。その中で日光、月光両菩薩像、執金剛神《しゅうこんごうしん》像の三体は土で形作られた塑《そ》像《ぞう》で、崩れ易《やす》くしかも重量もあるので移動させることはほとんど不可能に近い。他の乾漆像も脆《もろ》いが、アメリカ側が専門家を動員し、大規模な輸送計画を立てて本国に運ぶことを可能にするかも知れなかった。

回廊修復のため建築業者との打合わせに市内へ行ってもどってきた玄照は、その日、アメリカの美術記者二人がカメラマンと日系人通訳を伴ってジープでやってくると、住職の一人に三月堂へ案内させ、仏像を撮影して去ったことを知った。記者たちは、仏像の配列を熟知していて、八体の仏像が消えていることをいぶかしみ、住職が疎開させたと答えると釈然としない表情をしていたという。

美術記者の来山は、仏像を賠償の対象として接収する前提のように感じられた。おそらくかれらは、米軍の指示で仏像を確認し、写真撮影をしたにちがいない、と想像した。

玄照は、疎開した仏像をそのままにしておけば接収をまぬがれることができるかも知れぬ、という淡い期待をいだいていたが、その望みも失われたことを知った。むろん米軍は、疎開した仏像を賠償の対象から除外するはずはなかった。

翌朝、県庁の係官から電話があり、疎開仏を旧位置にもどすよう文部省からの指示があったことを伝え、すぐに準備にとりかかって欲しい、と言った。管長は、前日美術記者が来山したこととむすびつけて、仏像を賠償物としてアメリカ本国に送るための処置ではないか、と係官にただした。係官は、その点も文部省側にたずねたが、そのような動きはまだ現われていないという返事だった、と答えた。

ただちに塔頭会議が開かれ、管長から説明があった。

玄照は、住職たちの交す会話を無言できいていた。かれらは、三月堂におさめられた国宝の諸仏は大仏とともに寺を象徴するものであり、それらがアメリカ本国に運び去られることは堪えがたい、と悲痛な表情で訴えていた。進駐軍の権力は絶対的なもので、無力な日本政府がそれを阻止することはできるはずがない、と言う。

管長は、長い間黙っていたが、

「いずれにしても、疎開したみ仏は三月堂におもどししなければならない。もしもアメリカ側が接収を決定すれば、疎開先から運び出すだろうし、結果は同じだ。とりあえずみ仏を旧位置に御安置申し上げるのが、私たちの務めだ」

と、言った。

住職たちは、無言で口をつぐんでいた。

玄照は、壁に視線を据えていた。かれは、爆撃で仏像が地上から消えるのを恐れて執事長たちとも対立し、疎開させることを強く主張した。終戦を知った日、敗北に悲しみを感じると同時に、寺の建築物とともに仏像が難をまぬがれたことに安堵《あんど》したが、それは日が経《た》つにつれて一層深いものになってきている。

賠償の対象として寺から持ち去られることは忍びがたいが、たとえ諸仏が海を渡っても、それらが地上に現存することを知るだけでもわずかな救いになる、という思いもきざしていた。戦場で多くの将兵が死に、爆撃で無数の一般人も命を断たれた。そのような犠牲が払われた中で、寺が無傷であることはむしろ奇蹟《きせき》に近い。諸仏が賠償物として指定されても、それが消滅しないかぎり、要求を受け入れざるを得ぬとさえ思った。

管長が、玄照と他の初老の住職に声をかけた。仏像を疎開した時と同じように、玄照が円成寺、他の住職が正暦寺から仏像の帰山の担当をするように、と言った。

庭に、雨の音がひろがりはじめていた。

三

白布につつまれた四体の仏像は、組み合わされた丸太に吊《つ》り下げられていた。縄《なわ》の当っている部分には古ぶとんと蓆《むしろ》が重ねられていた。

丸太をかついだ囚人が、整列した。国民服に藁鞋《わらじ》ばきの玄照は、見送りに出てきた円成寺の住職と妻に礼を言った。

出発、という看守の声が背後でし、列が動き出した。住職は合掌し、低い声で読経をはじめた。

玄照は、列とともに歩いた。一体の像に八人がつき、交代要員として八人の囚人が後尾についている。列の前後に三名の看守が付添い、県庁の係官と技師が列の傍《そば》を歩いていた。その日、玄照が係官たちと徒歩で円成寺についた頃《ころ》、すでに看守に伴われた囚人四十名が、本堂の近くに坐《すわ》って待っていた。

仏像が華麗な楼門をくぐると、丸太をかつぐ囚人たちが、横向きになって急な石段を一歩ずつ足をふみしめながらおりてゆく。疎開した折に、帝釈、梵天像が二体とも表面の一部に陥没部分が生じていたが、これ以上傷つけたくなかった。

囚人は洗い晒《ざら》したような青い服と帽子をつけ、足にゲートルを巻き藁鞋をはいている。体力のある者を選んだというが、背の低い者が多く、一様に痩《や》せていた。

仏像はかなりの重量があるらしく、石段をおりた頃には囚人の顔に汗が流れていた。

囚人たちは、落葉におおわれた細い坂道をゆっくりとくだってゆく。

早朝に院を出る時、妻は仏前の燈明を消しながら、弟が一日も早く復員してくれればいいのだが、と口癖になった言葉をつぶやくように繰返していた。義弟は中国戦線に出征し、その妻と二人の女児は実家にもどっていて、帰りを待ちわびている。教師をしていた義弟の出征は三十一歳になってからで、いわゆる老兵であった。玄照の親《しん》戚《せき》の男も何人かが戦死し、大学時代同級だった僧の死も多い。他の院の弟子に未復員の者もいるが、生死は不明であった。

玄照は、囚人たちの背に眼を向けながら、仏像を疎開した往路でいだいたかれらに対する違和感が再び胸に湧《わ》くのを感じた。かれらは、戦時下でありながら銃をとらず軍需工場で働くこともなかった。刑務所内で軍需品の部品製造などに従事していたのかも知れないが、少くとも戦場に赴き銃をとるようなことはせずにすんだ。

罪人であるかれらは、行動を拘束《こうそく》される身ではあったが、戦時であるためそれがかれらに思わぬ恵みをあたえる結果になった。かれらは軍隊生活を強《し》いられる、と言うよりは入隊を許されることはなく、戦死の危険に身をさらすこともなく過ぎた。刑務所内の生活は、戦場を走りまわる将兵の生活よりも平穏で、戦争が終結した後も、その生活は都市にむらがる浮浪者よりも好ましいものであるにちがいなかった。所内の食糧事情も深刻だろうが、飢えるまでに至ってはいないはずで、それは丸太をかつぐ囚人たちの体の動きにも現われている。法律はかれらを獄に拘束したが、同時にかれらの生命をも守っている。

帰路の仏像運搬に囚人を使うことを即座にきめたのは、かれらの体力に期待したからであった。一般に募集したとしても、応じてくる男たちは、浮浪者かそれに類した体の衰弱した者ばかりであるはずで、その上気持もすさんでいて仏像を傷つけまいとする玄照たちの指示に素直に従うとは思えない。

玄照は、囚人たちの口から言葉がもれるのを耳にしたことはなかった。かれらは終始無言で、休息する時も口をつぐんでいた。

風が渡ってきて、路《みち》の両側につづく雑木林にざわめきが起り、舞い上った枯葉が列の上に降ってきた。

好天で幸いだった、とかれは空に眼を向けながら思った。澄んだ初冬らしい空に、薄絹のような雲がみえるだけであった。

坂の傾斜は急で、囚人たちはすべらぬように慎重に足を運んでゆく。仏像をおおった布の上に落葉が散っていた。

傾斜がわずかにゆるくなり、三叉路《さんさろ》に出た。左手の路は柳生道で、列は右手への路に入った。

少し進むと、路が左に曲っていた。

「休止」

前方を歩いていた黒い制帽、制服をつけた看守が、声をかけた。

列が、とまった。県庁の技師は、

「静かにおろせ」

と、気づかわしげに囚人たちに注意した。

仏像が徐々におろされ、落葉におおわれた土の上に横たえられた。囚人たちは、あらかじめ指示されているのか、それとも外役《がいえき》の折の規則であるのか寄りかたまって地面に腰をおろした。

仏像をかついでいた男たちは、帽子をとって手拭《てぬぐい》や手で汗をぬぐっている。かれらの頭は、バリカンで刈られたばかりらしく青々としていた。

玄照は、尿意をおぼえ林の中に入っていった。漆の木があって、葉が鮮やかな朱色に染っている。かれは、放尿しながら漆の葉を見つめていた。

「出発」

看守の声が、路の方できこえた。

玄照は、落葉をふんで路にもどった。青い服の列が、動きはじめていた。予備の八名が交代し、丸太をかついでいる。

かれらの中には、幾分痴呆《ちほう》の表情をみせた男もいたが、頭脳の働きのよさそうな眼をした男もいる。かれらに共通していることは、看守の言葉に従順にしたがい、苦痛の表情もみせず仏像をかついでいることであった。

再び、かれらが奇妙な男たちに感じられた。自分は戦時中寺が戦火にあうことを恐れ、終戦後も寺に対する進駐軍の動きにおびえつづけている。事情はさまざまだろうが、ほとんどすべての日本人が気持の動揺を感じているはずなのに、囚人たちは、戦時につぐ敗戦という時間の流れに係《かかわ》ることなく生きているように思える。路を歩いてゆくかれらを見ていると、青い布につつまれた、感情というものの欠けた人間のように思えた。

雑木林の片側がきれて、畠《はたけ》がひろがった。人家はなく、少年と耕作物の手入れをしているらしい女の姿が少しはなれた畠にみえた。

少年がこちらに顔を向け、女も腰をのばした。二人は、身じろぎもせずこちらを見つめている。

玄照は、その姿にかれらが突然現われた男の列に不審感をいだいているのを感じた。自分と県庁の係官は国民服、技師は黒いソフトに白い上っ張りをつけ、看守は黒い制服、制帽をつけている。列を組んでいるのは青い帽子と服を着た男たちで、その雑多な組合わせが異様に思えるのだろう。

さらに、男たちにかつがれている物が、かれらには為体《えたい》の知れぬ物に見えるにちがいなかった。ふと、玄照は、女と少年の眼に、運ばれている物が死体であるように映っているのかも知れぬ、と思った。白布につつまれた仏像は、人体そのままの形態をしめしている。が、仏像は人体より二倍も大きく、女はそれをどのように理解してよいのか戸惑っているようにも思えた。

再び林がつづくようになり、畠は消えた。

三十分ほど山路をたどると、看守が再び休止を告げ、仏像が路傍におろされた。土の上に置かれた仏像の姿が、哀れなものに見えた。像は三月堂の内陣に立っていたのに、山路を運ばれ、地面に横たえられている。布もふとんも寺のありあわせの古びた物ばかりで、それらに包まれた仏像には、仄暗《ほのぐら》い内陣に立っていた折の荘厳さはない。執事長は、仏像が損われることを理由に疎開に反対したが、ただの運搬物として扱われることを畏《おそ》れていたのかも知れなかった。

玄照は、それらの仏像が時代の変化に身をさらしているように感じられ、むしろ自分たちの方が悠長《ゆうちょう》な時間を送っているのかも知れない、とも思った。

出発の指示があって、列は山路を進んだ。時折り、枯葉の群が路上に散った。

前方の樹木の間から大仏殿の屋根が見え、塔頭《たっちゅう》をかこむ土塀《どべい》のつづく一廓《いっかく》に入った。道に人の姿はなく、落葉がしきりだった。

列は、裏参道をたどり、石段をのぼった。四人たちの歩みは一定していて、前方に三月堂の建物が近づいてきた。

仏像は、囚人たちによって慎重に運ばれ、揚げおろしも技師の言葉通りに徐々におこなわれ傷つくことはないはずだった。が、往路に二体の仏像の表面に陥没がみられたことを考えると、楽観はできなかった。時計をみると正午過ぎで、八キロの道程に三時間以上費したことを知った。

三月堂の傍に、数人の男が立っていた。僧衣をまとった管長、塔頭の住職たちであった。

列が近づいてゆくと、かれらの間から読経の声がもれはじめた。列は、堂の側面を進み、正面にまわると停止した。石燈籠《いしどうろう》の近くで焚火《たきび》がたかれ、虫の音がしている。回廊の下に立てられた英文の木札の新しさが、堂の建物と不釣合《ふつりあ》いにみえた。

技師の指示で、仏像が一体ずつ堂の石段をのぼり、内陣に入ってゆく。玄照は、管長たちと経を和しながら従った。

内陣に香煙が漂い、仏像が旧位置のわずかな空間におろされた。綱がとかれ、丸太がはずされた。

読経がつづき、囚人たちは看守とともに堂の外へ出て行った。係官と技師は、堂の入口近くに立っていた。

読経が終ると、待ちかねていたように係官と技師が金剛力士の阿形像《あぎょう》に近寄り、玄照たちもそのまわりに集った。

技師がかたくむすばれた縄をとき、布をひらいてゆく。朱色をした焔髪《えんぱつ》を逆立てた頭部があらわれ、鋭い光をたたえた眼、強く張られた鼻翼についで、内部の赤い大きくあけられた口がのぞいた。玄照は、あらためてその形相が激しい忿怒《ふんぬ》の相をしめしていることを感じた。

金銀泥《きんぎんでい》を盛った肩口につづいて、彩色、漆箔《うるしはく》をほどこした古式鎧《こしきよろい》をつけた逞《たくま》しい胸部が露出し、肘《ひじ》を張った腕と欠けた金剛杵《しょ》を高くあげた右腕も布の下からあらわれた。

玄照は、表情をゆるめた。それらの部分に損傷はなく、懸念されていた右腕と尖《とが》った焔髪も折れてはいない。技師の眼にもやわらいだ光がうかび出ていたが、腰部をおおう布をひらいたかれの口から、叫びに似た声がもれた。

玄照は、その部分を見つめた。鎧におおわれた腰は、半ば以上が砕け、その間から縦に通された心木と横張りの板がむき出しになっている。往路にはなかった破損であった。

重苦しい空気の中で、技師が、他の三体をおおう布をはいでいった。吽形《うんぎょう》の力士、梵天、帝釈像も、それぞれ表面に新たな陥没部分がみられ心木がのぞいていたが、阿形の金剛力士像の破損が最もいちじるしかった。

不空羂索観音菩薩像《ふくうけんさくかんのんぼさつ》をはじめ仏像が立ち並ぶ中で、傷ついた四体の仏像が横たわっている姿は痛々しかった。殊《こと》に腰部の砕けた阿形の金剛力士像には、神将像としての威厳はない。忿怒の形相が悲しみをたたえたものにみえ、激しい傷の痛みに堪えきれず右手で虚空《こくう》をつかみ、口を開いて絶叫している苦悶《くもん》の相に感じられた。

管長たちは、その無残な姿に畏れを感じたらしく再び低い声で読経をはじめた。技師は、鉛筆を走らせ破損個所をメモしている。

玄照は顔をしかめて力士像を見つめていたが、思いがけぬ感情が胸に湧いてくるのを感じていた。四人たちは、あたかも機械に化したように仏像を一定のゆるい歩度で運び、休息の折も技師の指示通りにおろし、かつぎ上げた。そのような扱いをしたのに、仏像は四体とも深く傷ついた。国宝の仏像が賠償の対象になるという説があるが、たとえどのような方法によっても、それらをアメリカ本国へ運ぶことなどできるはずはない、とかれは思った。仏像は運送途中ですべて砕け、殊に塑像《そぞう》は土に化して崩れ去ってしまうだろう。阿形の金剛力士像一体を進駐軍関係者にしめしただけでも、かれらは接収を諦《あきら》めるにちがいない。仏像は、三月堂の内陣に安置されてこそその姿を保ち、他の土地で生きることはないのだ。

かれは、気分が明るくなるのを感じた。

かれは、囚人たちのことを思い起した。仏像は傷ついたが、それは材質本来の性格によるもので、その程度の損傷ですんだのは運搬に従事してくれたかれらのおかげであり、感謝の意をつたえたかった。

玄照は、管長たちの傍をはなれると、内陣から出て回廊の上に立った。

囚人たちは二列に並んで、枯葉の舞う道を去ってゆく。列は、樹木のかげに没していった。

玄照は、石段をおりると焚火に近づいた。炎は鎮《しず》まっていたが、残り火の温さが掌《てのひら》にふれた。

かれは、煙に眼をしばたたきながら赤みの残った火を見つめていた。

（「新潮」昭和五十四年一月号）

鯛《たい》の島

瀬戸ヶ鼻の先端をまわると、波のうねりがゆるやかになった。遠い海面には、所々に海鳥が花弁の舞うように群れ、その附近に多くの漁船が散っていた。

清作は、櫓《ろ》を操りながら前方にみえてきた伊与田の町の低い裏山に眼《め》を向けた。町は、瀬戸内海で三番目の大きな島の東北海岸に位置し、背後の山肌《やまはだ》は段状の畠《はたけ》におおわれている。中腹に桜樹が、寄せ植えでもされたように枝を張っている。半月ほど前から蕾《つぼみ》がふくらみはじめたらしく薄桃色に霞《かす》んでみえ、それが次第に濃さを増し、二日前には白一色になって畠の緑と際立《きわだ》った対比をしめしていた。

しかし、緑の色の濃さが目立つだけで花の白さはほとんど消えている。前日は正午近くまで夜来の強風が吹きまくったが、その風で花が散ったらしい。町の者たちは、桜が開花すると裏山にのぼって花見の野宴をひらくのを楽しみにしているというが、その機会を得たかどうか疑わしかった。

清作は、自分の住む島の分教場に植えられている桜の花を思った。分教場は、丘陵と丘陵にはさまれた谷あいにあるので海からの風は吹きつけないが、時には潮の匂《にお》いをふくんだ風が丘陵の裾《すそ》をまわって吹きぬけることもある。もしかすると、花がせまい校庭に吹き散らされてしまっているかも知れなかった。

島には本浦と神ノ浦の二つの集落があり、本浦に住む清作は、他の子供たちと神ノ浦にある分教場へ通った。しかし、休まずに通学したのは三年生までで、その後は、島から八キロはなれた伊与田町へ一日置きに小船で郵便物を受け取りにゆく母とともに、海へ出ることが多くなった。

授業をうけるのは楽しかったが、殊《こと》に低学年の頃《ころ》は分教場との間の道を往復するのが辛《つら》かった。分教場へ通じている細い道は起伏が激しく、距離も二キロ近くある。どの家も貧しく弁当を持たせることができないので、子供たちは、昼食時になると家に食事をとりに帰る。分教場では、事情を考慮して昼の休憩時間を一時間三十分にしてくれていたが、走って往復しなければ午後の授業には間に合わなかった。それに、道が海に面した崖《がけ》の上を通っている個所があり、時化《しけ》の日には、道が波に洗われていて通ることができない。卒業式のおこなわれた日も、他の子供たちとその地点まで行ったが、道が波しぶきで煙っていて引き返した。卒業証書は、新学期になってから下級生がとどけてくれた。

卒業後、かれは一人で船を操って伊与田町との間を往復し、母は、船を数艘《そう》持つ船主の家に雇われて家事の手伝いをするようになった。それによって収入は増し、分教場に通う妹との三人の生活は、幾分楽になっている。小学生であった折には、学校を休むことに後めたさに似た感情をいだき、母も気づかっていたようだった。が、卒業するまでに母から櫓の扱いを教えこまれたので、母の仕事を代行することができるようになったのだ。

かれは、一人で船を操るようになってから学業から解放された安らぎと、家計を助けているという誇らしさに似た意識をいだいていた。郵便物を伊与田町から島に運んで家々に配達するのだが、報酬は本浦の区長から支給され、その額は母の収入の倍近くであった。

船が進むにつれて、海面にひらめくものが増した。それは、春から初夏にかけてみられる小さな飛魚で、櫓の音に驚くらしく、水面から湧《わ》くように現われると二、三十メートル飛ぶ。安手なブリキ製の玩具《がんぐ》のように翅《はね》をぎこちなく動かし、体を傾けたりして水しぶきをあげて落ちる。中には、数メートルしか飛ばぬ魚もあった。

小さな港の突堤が近づき、それをまわると舳《へさき》を左方に向けた。上空を米軍の輸送機が轟音《ごうおん》をあげて過ぎた。

港内はおだやかで、岸に人の姿もない。かれは船着場に船を寄せたが、三艘もやわれている船の中の一艘に眼をとめた。船底におかれた桶《おけ》に墨で金と書かれた文字が薄れてみえる。その船は、眼になじんだ金蔵という漁師のもつ二艘の船の一艘であった。清作は、いつものように朝食後雑用をすませて八時に島をはなれたが、金蔵の船はそれ以前に島を出たらしい。

その日は潮の状態も良好なので、島の船は夜明け前に一斉《いっせい》に出漁したが、金蔵の家では、弟の卓次郎の祝言《しゅうげん》が夕方からおこなわれるので漁を休んでいた。

金蔵は、十九歳になった弟の嫁を物色し、神ノ浦の漁師の娘を適当と考え、叔父に懐酒《ふところざけ》を持たせてその家へ使者に立ってもらった。娘の親が承諾した場合には、使者が懐から出した酒を互いに飲み合い口結びをする習わしだが、即答が得られなかったため瓶《びん》を置いて帰ったという。拒否される場合には酒が入ったままの瓶を返されるが、三日後に叔父が行くと空瓶が渡され、婚約が成立した。その後、仲人《なこうど》を立てて日取りその他をきめ、午後、花嫁が神ノ浦から荷物とともに船で本浦に来て、祝言がもよおされることになっていた。

島では米がとれず、金蔵かまたは親戚《しんせき》の者が、祝言に使う闇米《やみごめ》や密造酒などを入手するため伊与田の町へ来ているのかも知れなかった。

かれは、船をつなぎとめると、色の褪《あ》せた郵便袋を肩に海沿いの道を進んだ。短い木橋を渡り、家並の間に通じた坂道をのぼった。

郵便局のガラス戸をあけ、中年の女に挨拶《あいさつ》して袋を渡した。女は、大きな籠《かご》の中から小包と封書、葉書を袋の中に入れてくれた。

局を出たかれは、露地をたどり、漁具を扱う老人の家に立寄った。そこで区長から頼まれた棕櫚《しゅろ》縄《なわ》の束を受け取り、船着場に引返した。金蔵の船は、もやわれたままであった。

かれは、船の留め綱をとき、櫓を動かして船着場をはなれた。突堤のはずれを出ると、潮が干きはじめていて海面が動いているのがみえた。伊与田町にくるまでには一時間半以上かかったが、潮の流れに乗れば一時間ほどで島に帰ることができる。

かれは、櫓をこぐ手に力を入れ、ゆったりと動く潮の流れに船を近づけていった。

本浦にもどると、清作は、郵便袋を背に神ノ浦への山路《やまみち》をたどった。崖上の路を過ぎ、郵便物の取次をしている神ノ浦のはずれにある家におもむいた。留守居《るすい》をしている老女に郵便物を渡し、集められた手紙類を袋に入れて引き返した。

かれは、自分の家に行くと、分教場から走ってくる妹のために急いで昼食をつくった。食事と言っても、粟《あわ》の団子を入れた雑炊であった。

共同井戸へ行って水をみたした桶をかついでもどってくると、妹が炉端《ろばた》に坐《すわ》ってあわただしく雑炊をすすっていた。かれも、鍋《なべ》の雑炊を丼《どんぶり》にすくい入れた。

分教場の桜のことを妹にたずねてみようか、と思ったが、きくことはしなかった。休みがちであった分教場のことを思い出すのは、気が重い。父が生きてさえいたら、分教場に通いつづけることもできたはずであった。

五年前の秋の夜、数個所で火が焚《た》かれていた浜の情景が、今でも強い印象として残っている。炎が強風にあおられて、火の粉が波打ちぎわに散っていた。浦の者たちが闇の海に眼を向け、母はしゃがみ、かれは傍《そば》に立っていた。前々日の夜、松山市方面に鯛漁《たいりょう》の餌《えさ》にする小海老《こえび》を買いに行った父の船が、急変した気象状況によって他の六艘の船とともに行方《ゆくえ》不明になった。母は、他の漁師の家族とともに数日間、浜の番小屋ですごして父の無事を祈っていた。が、消息は絶たれたままで、遺体も船の破片すら発見したという報《しら》せはどこからもなかった。

一週間後、伊与田町に駐在する警察官にともなわれた県内紙の新聞記者が本浦にやってきて、行方知れずになった漁師の家族たちを浜に並べさせた。記者は、清作たちを遺族と呼び、カメラのシャッターを何度も押した。

その夜、区長の家で合同の通夜《つや》が営まれ、翌日には葬儀がおこなわれた。慣習に従い坐棺《ざかん》が七個用意されて白い着物、藁鞋《わらじ》、小銭が入れられた。出棺の折には、死んだ漁師たちの使っていた茶碗《ちゃわん》がたたき割られ、死者の名を記した葬式旗が立てられた。葬列が組まれ、裏山にある墓地に向った。海から吹きつける風に旗が音をたててはためき、父の名が伸びちぢみしていたことが忘れがたい記憶として胸に焼きついている。

初七日の忌明《いみあ》けを迎えた日、母は郵便物を船で運ぶ仕事をあたえられた。それまで伊与田町との間を往復していた老人は、神経痛がひどくなって休むことが多く、区長のはからいで母が引受けることになった。母は、父の船に乗って餌の小烏賊《こいか》を網でとることもしていたので、櫓を操ることには長じていた。

妹が、土間におりて茶碗で桶の水をすくって飲むと、裏口から走り出て行った。

かれは、茶碗を洗い、炉の火を灰で埋めると郵便袋を手に路上に出て坂道をくだっていった。陽光が乱反射していて、海が白っぽくみえる。沖には漁船が点々と散っていた。

家が海岸線に密集しているので、一時間足らずで郵便物の集配を終えた。どの家もほとんど無人で、嬰児《えいじ》の子守りをしている老人が留守番をしているだけだった。袋を家に持ち帰ると、船着場に行き、船底に置かれた棕櫚縄を肩に坂道をのぼっていった。区長の家は二階建で、他の家と異って瓦葺《かわらぶ》きであった。土間に入ると、上框《あがりかまち》に縄を置き、炉端に坐る区長に頭をさげた。座敷には数名の男が区長をかこむようにして坐り、清作の顔に眼を向けた。かれらの表情はかたく、なにか相談ごとでもしている気配であった。

清作が縄をかついで漁具置場の小屋に歩いてゆくと、区長の家で下男をしている男が、雑穀を蓆《むしろ》の上にひろげながら、

「楫子《かじこ》が二人逃げた」

と、言った。

清作は、小屋に縄を置き、男の傍にもどった。

「どこの楫子じゃね」

「友吉さんと金蔵さんとこの楫子じゃ」

男は、手をとめて言った。

初めにそれに気づいたのは、友吉だった、という。早朝、漁に出ようとしたかれは、櫓を操る楫子がいないので村落の中を探しまわったが、見出《みいだ》すことはできなかった。金蔵の家では、弟の祝言にそなえて楫子に薪《まき》拾いを命じてあったため裏山に入っていると思いこんでいた。が、浜を探していた友吉が、船着場にもやわれているはずの金

蔵の持つ二艘の船の一艘がみえぬのに気づき、金蔵に報せたことから、二人の楫子が船で逃げたらしいことを知った。友吉と金蔵は、親族の男たちをともなって区長のもとに訴えにきたのだという。

「友吉さんの楫子は八歳、金蔵さんの楫子は十二歳じゃそうやから、金蔵さんとこの楫子がそそのかいて逃げたんじゃろう、と言うとる」

男は、再び手を動かしはじめた。

清作は、声をあげそうになった。伊与田町の船着場にもやわれていた金蔵の船のことが思い起された。二人の楫子は、船で瀬戸を渡り伊与田に逃げたことはあきらかだった。金蔵の家の楫子は小柄《こがら》だが、肩幅が広く、四、五年間も櫓を扱ってきていたので太い腕をしていた。頭髪をバリカンで刈ると、所々にひろがっている白癬《はくせん》がむき出しになった。時折り拗《す》ねたような薄笑いをし、こちらをうかがうように向けてくる眼には、大人びた光が浮んでいた。友吉の家の楫子は脾《ひ》弱《よわ》な目立たない少年で、下男が口にした通り、金蔵の家の楫子が誘ったにちがいなかった。

清作は、下男の傍をはなれると土間に足をふみ入れ、上框の前に立った。金蔵の船を見たことを告げねばならぬ、と思ったが、区長に口をきくことに身の竦《すく》むのを感じた。

かれに気づいた金蔵の弟が、いぶかしそうにこちらを暗い眼で見つめていたが、

「なんじゃ」

と、素気ない口調で声をかけてきた。

区長たちも、清作に顔を向けた。

「船を見ました。伊与田の船着場につながれとりました」

かれは、ひきつれた声で言った。

「だれの船を？」

「金蔵さんの船じゃと思います。金と書かれた桶がありました」

金蔵の弟が、立ってきた。

「たしかに桶に金と書いてあったんじゃな」

金蔵の弟が、近寄ると鋭い眼をして言った。

はい、と、清作は答えた。

「伊与田に逃げたんか」

炉の傍に坐っている金蔵が、口もとをゆがめて言った。

金蔵の弟が炉端にもどると、かれらは、清作の存在も忘れたように甲高い声で言葉を交しはじめた。

清作は、かれらの話をきいているのが不謹慎に思え、土間から外に出た。金蔵たちにとって楫子が伊与田町に逃げたのは予想外であったらしく、それだけに憤《いきどお》りも激しいのだろう、と思った。

かれは、少くとも物心ついてから楫子が船で逃げたことを三度記憶している。最初は、一人の楫子が瀬戸をへだてた無人の小島に渡り、空腹に堪えながら洞穴《ほらあな》にひそんでいるのを発見された。それにつづいて二人の楫子が、夜、船を盗んで逃げたが、波が荒く、島の裏手にある狭い砂浜に船をつけて身をひそませているのを捕えられた。

三度目は、終戦の前年で、二人の楫子が深夜、船を出して郷里のある愛媛《えひめ》県の海岸にたどりつこうとして、沖へむかった。が、方向をあやまって島の漁区に近づき、出漁していた島の漁師に見つかり、引きもどされた。それらの少年たちは、懲《こ》らしめのため縛られて頭の頂きや腕、背に大きな灸《きゅう》をすえられ、数日間、食事を絶たれた。

逃げた楫子が伊与田町にむかうことをしないのは、追手につかまる確率が高いからであった。

清作の住む島の生活は、伊与田町によって支えられていると言ってよく、島外との唯一《ゆいいつ》の接触地になっている。町と島との関係は密接で、もしも楫子が町に船をつければ、町の者たちに見とがめられ、島に通報される。そうしたことから、楫子は伊与田町を避け、他の地へ船を向けるのだ。

かれは、母の働いている船主の家に通じる道をたどりながら、伊与田町の船着場で金蔵の船を見たことを告げたことに、密告したような後めたさを感じた。楫子たちは捕えられ、きびしい懲らしめを受けるだろう。そのきっかけを自分が作ったのだと思うと、落着かなかった。が、金蔵の家で雇われていた楫子の、蔑《さげす》んだ笑いの色をうかべた眼を思うと、萎《な》えた気持も幾分薄らいだ。雇主の船を盗んで逃げたかれらが悪いのだ、と居直ったような気持にもなった。

母は、船主の家の裏手にある段々畠で鍬《くわ》をふるっていた。

清作は、畠にのぼっていった。

「楫子が逃げた」

かれが言うと、母は手をとめ、こちらに顔を向けた。

かれは、楫子の使った船を眼にしたので区長たちに伝えたことを口にした。

「見まちがいじゃなかろうの」

母は、うかがうような眼をして汗を手拭《てぬぐい》でぬぐった。

清作は、少し不安になったが、桶の文字から考えて金蔵の船であることはたしかだ、と思った。父の死後、母は生活を守るため必要以上に気を配るようになっていて、清作が不確かなことを区長たちに伝えたのではないか、と危ぶんでいるらしい。

「この眼でみたんじゃけ、まちがいないわ」

かれは、母にやわらいだ眼を向けた。

楫子は、鯛漁に欠かせぬ存在であった。

瀬戸内海の西部にある周囲六キロの島に人が住みつくようになったのは、江戸時代の後期であった。その後、明治時代にわずかずつ住民の数が増し、大正時代に入ってから急に四十戸近くに達し、神ノ浦にも数家族が住むようになった。

島が岩盤質のため耕地に恵まれず、井戸を掘ってもわずかな水しか湧《わ》かぬ島に人が定住するようになったのは、島の前面が稀《まれ》にみる好漁場であるからだった。附近には多くの小島が点在し、干潮、満潮時の潮の流れは激しく、魚類の通路になっている。

漁獲は鯛が主で、アジ、スズキなどもとれる。

夜、船を沖に出して餌にする小烏賊をとって島にもどり、早朝、出漁して夕方引返してくる。船は一トン足らずで、帆を張り、櫓《ろ》で移動した。

出漁した船は、潮上に漕《こ》ぎのぼって行き、潮に乗って潮下へと釣《つ》ってゆき、再び潮上へむかうことを繰返す。釣り下ってくる折、舳《へさき》を一定方向に向けておかぬと、釣糸が潮に押し流され、鯛がかからない。それを防ぐためには、櫓をあやつる者がいなければならなかった。

漁師たちの中には妻に櫓を扱わせる者もいたが、子をはらめば一定期間船に乗せることはできない。島の人口は少く、二艘の船を持つ漁師もいるようになって、櫓を扱う者を他の土地から求める必要にせまられた。

島は本州より四国に近く位置していて、愛媛県下の貧しい家の子が伊予子と称されて年季奉公に出ているのを知った島の漁師たちは、五年、十年の年季として前借金を親に渡し、七歳から十三歳までの少年を連れてくるようになった。

それらの少年は楫子と呼ばれ、漁師の家に住込んで櫓の扱いをきびしく仕込まれた。戦時中も楫子はほとんどの漁師に雇われ、終戦から八ヵ月たった現在でも変りはない。

朝三時すぎに起き、漁具を船に運び、食事の仕度を手伝う。櫓扱いになれるまでは、漁師に叩《たた》かれ、手の皮膚は破れて化膿《かのう》することもある。毎年、二月から三月にかけて漁は絶え、漁師たちは休息をとるが、その頃《ころ》は、井戸の水が涸《か》れるのが常で、船に桶《おけ》をのせて伊与田町まで水をもらいに行く。それも、楫子がやらねばならぬ仕事であった。

年季が明けると、親が連れ帰る者もいたが、新たに前借をして島に置いてゆく親もいた。病死したり傷がもとで死亡したりした棏子は、島の死者とは異って火葬にせず、仮埋葬して親がくるのを待つが、引き取りにこず、あらためて遺体を焼き島の共同墓地に埋めることもあった。

終戦後、棏子たちは、全国的な食糧不足で多くの餓死者が出ていることを伝えきいているらしく、魚介類にめぐまれた島で生活することに安らぎを感じているようだった。

清作は、逃げた二人の棏子がどのように生きてゆくのだろうか、と思った。配給手帳も持たぬかれらが食物を口にするには、高価な闇《やみ》食品を入手する以外にないが、むろんそのような金銭は所持していない。かれらが逃げたのは、草木もない荒野にすすんで足を踏み入れていったような無謀な行為でもあった。

夕方、鯛釣りの漁船が一斉にもどってくると、棏子が逃げたという話はたちまち本浦にひろがった。その日、金蔵と友吉が伊与田町に赴いて棏子が使った船が船着場にもやわれているのを確認し、漁業組合長に捜索を依頼したことも伝えられた。

伊与田町の属する島の山間部には多くの村落があるが、島から本州または四国へ脱け出すにはむろん船を使わねばならない。島をふちどるように点在する町村の漁業組合同士の結束はかたく、伊与田町の組合長が連絡をとれば、海岸線に姿をあらわした楫子は容易に発見されるはずであった。

戦前は、楫子が稀に伊与田町方向に逃げると、漁業組合に協力を求めるとともに、巡査派出所へも捜索願いを出すのが常であった。派出所では、主として山間部方面の警察機関や消防団に連絡し、島全域の捜索態勢がとられた。

楫子を短期間にとらえるのは、むろんその方法が好ましいが、区長の指示もあって金蔵と友吉は漁業組合長のもとに赴いただけであった。それは、三年前に突然起った出来事によって味わわされた苦い経験によるもので、警察関係に訴えることは避けたのである。

それまで清作の島には犯罪が起ったことがなく、警察関係者が伊与田町から島にくるのは、非番の日に魚釣りや鯛の入手を目的とする場合にかぎられていた。他の地では、警察官を恐れている傾向があるというが、島の者たちにとって警察官は楫子を捕えてくれる協力者で、その謝礼として歳末と盂蘭盆《うらぼん》に大きな鯛をとどけることを例としていたので、派出所員のうけもよかった。

しかし、三年前の昭和十八年初夏以来、島の者たちは、警察官を恐れ、派出所に通じる道さえ避けて通るようになった。

警察関係者に対する印象を一変させたのは、不意に起った爆発音を耳にしたことがきっかけであった。それは、空気の層を引裂くようなすさまじい炸裂《さくれつ》音で、海に面した家々の窓ガラスはほとんど砕け散った。清作は、その日、学校を休み郵便物の集配で磯《いそ》に沿った道を歩いていたが、爆風でよろめき、鼓膜が麻痺《まひ》した。

家から人々が飛び出し、海岸に集ってきた。清作もかれらに走り寄って海上に眼《め》を向けたが、濃い霧が立ちこめていてなにも見えない。警報の発令はなく、来襲した敵機が爆弾を投下したとは思えなかった。海をへだてた呉《くれ》海軍工廠《こうしょう》の火薬庫が爆発でもしたのではないか、と言う者もいたが、その炸裂音は島の近くで起ったとしか考えられなかった。

清作は、いぶかしむ人たちとともに海岸に立ちつくして海上に眼を向けていたが、一時間ほどたった頃、海の色が徐々に黒く変化してゆくのに気づいた。さらに、その色の中にさまざまな物が浮び、潮の流れにつれて海岸に近づいてくるのを眼にした。漁師の大半は漁に出ていて、海岸に集っていたのは老人、女、子供が多く、かれらは磯に走ると、近寄ってくる浮游物《ふゆうぶつ》に長い手鉤《てかぎ》をかけて引寄せた。その頃には海面一帯が黒い色におおわれ、それが無気味に光っていることから重油であるのを知った。浮游物は増し、絶えることなく磯に寄せてくる。金筋の入った海軍の高級士官のものと思われる服、兵の衣類、ハンモック、書類の入った箱など、さまざまな物が磯に引きあげられた。

それらを見まわしていた区長が、

「軍艦が沈んだらしい」

と、血の気の失われた顔で言った。

清作も、区長の想像通りにちがいない、と思った。島の近くで爆発する可能性のあるものは、軍艦以外には考えられなかった。

日本内地での連合艦隊最大の泊地が、島の北方約四キロの位置にあって、艦艇が伊《い》予灘《よなだ》、豊後《ぶんご》水道をへて太平洋へ向う折には、必ず島の前面の水道を通る。むろん太平洋上で作戦行動を終え、泊地や呉海軍工廠にむかう艦艇も伊予灘方向から姿を現わし、水道には艦艇が往《ゆ》き来《き》した。

島には泊地防備のための砲台が二基据《す》えられ、低い山の頂上にも海軍の監視哨《しょう》が設けられていて、十数名の警備隊員が常駐していた。島が泊地に最も近く位置していることから、停泊する艦艇の乗員が上陸し、魚介類を買い求めてゆくことも多かった。

艦長たちが連れ立って島を訪れ、漁船を出させて釣りを楽しんだこともあれば、防暑服をつけた連合艦隊司令長官山本五十六《やまもといそろく》大将が、幕僚をしたがえて島の防備状態を視察したこともあった。

水深八〇メートルの水道は、大型艦の通過に適し、その中には世界最大の新鋭戦艦になるはずであった「土佐」の姿もあった。「土佐」は大正末年の軍縮条約により建造途中で廃艦が決定し、実験艦として呉海軍工廠の試射場で魚雷、砲弾を浴び、四国の土佐沖で沈められた。島の者たちは、穴だらけになり破壊された「土佐」が土佐沖方向に曳航《えいこう》されてゆくのを見たのだ。

そのような地理的関係で、島の者たちは軍艦になじみ、海上を過ぎる艦艇の名称も、艦型を見ただけで言いあてることができた。殊《こと》に、少年たちの関心は強く、戦艦、空母が興味の中心であった。清作は空母を見るのが好きで、「加賀」や「赤城《あかぎ》」が通過する折には島かげに消えるまで見送っていた。

霧が少しうすれ、細かい雨が降ってきた。が、立ち去る者はなく、流れてくる物を磯に引きあげていた。

海上を駆逐艦が高速で伊予灘にむかって去り、それを追うように数隻《せき》の小艇が泊地方向から次々に姿をあらわし、海面を探りでもするように走りまわりはじめた。さらに二機の飛行機が低空で旋回し、霧の中に消えていった。

干潮時で、潮流は泊地の方向から島の前面をへて伊予灘方面へ流れていて、それに乗っておびただしい浮游物が漂ってくる。突堤にかこまれた船着場も、重油で黒く染っていた。

区長は、事情をたしかめるために監視哨へのぼっていったが、警備隊員たちは、「無線ノ交信ヤメ」の指示をうけていたので情報を得てはいなかった。

爆発音を耳にした漁師たちが、漁場から干潮の流れにさからって船着場にもどってきた。重油は漁場一帯にも流れてきて、重油の中を船を進めるのは困難だった。泊地附近は海底が平坦《へいたん》で漁獲は少いため、その方面に船を出していた者はなく、爆発音のした方向も濃い霧におおわれていてなにも眼にすることはできなかったという。かれらの顔には、いぶかしそうな表情と不安の色が濃かった。

島の者たちは、日没まで漂着物の収容につとめ、それらを区長の家に運んだ。

翌日、漁師たちは漁を休み、磯に寄せられたおびただしい漂着物の処理に従事していたが、午前八時頃、中尉を長とする下士官、兵を乗せた内火艇が船着場についた。かれらの表情は険しく、中尉が区長にくるように命じた。

中尉は船着場にやってきた区長に、事故があった、とのみ言い、このことについては他言してはならぬ、ときびしい口調で言った。そして、漂着物は一品残らず厳重に保管することを指示し、兵たちに命じて区長の家に置かれていた漂着物を艇に載せ、あわただしく去っていった。その後、一時間ごとに内火艇がやってきては、漂着物を持ち去ることが繰返された。

さらに、翌日の正午過ぎには、少尉を指揮者とした警備隊員約三十名が上陸し、半ばは神ノ浦その他にむかい、本浦にとどまった少尉たちは、島の者たちの漂着物を収容する作業を指揮した。かれらは、島の者との接触を避けるためか、人家には泊らず、僧の定住していない小さな寺を宿所とした。

漂着物は日を追って少くなり、漁師たちも漁に出るようになったが、爆発音を耳にしてから六日目の朝、突堤の外側に浮いている死体が発見された。体内にガスが充満しているらしく、破れた士官の服がはち切れそうに体が膨脹《ぼうちょう》していた。眼球が露出しているのは、爆発時の風圧によるものにちがいなく、片足が膝《ひざ》の個所から失われていた。

その日から、死体の漂着がつづいた。ほとんどが下半身に傷を負い、両足のちぎれたものもあり、中には首から上の部分の欠けた水兵服の死体もあった。それらの漂着は四日間にわたってつづき、その都度、内火艇によって運び去られた。人の住まぬ島の裏側では、かなりの数の死体が岸に寄り、少尉の部下たちによって拾い集められたという話も伝わった。

母は、漁師が出漁した日から、伊与田町へ郵便物をとりに船を往復させるようになった。清作も同乗して櫓《ろ》を漕ぐのを手伝ったりしていたが、初めての死体が突堤の下で発見された日、思いがけぬ災難に見舞われた。

その日の午前九時すぎ、船を伊与田町の船着場につなぎ、母とともに郵便局の方へ歩き出した時、薄汚れた開襟《かいきん》シャツを着た中年の男に呼びとめられた。男は近寄ると、母にどこから来たかをたずね、

「軍艦が沈んで、島にいろんな物が流れついとるそうやないか。あんたら、知っとろうが……」

と、低い声で言った。

母は一瞬ためらったようだったが、黙ったままうなずいた。

不意に男が母の腕をつかみ、清作にもついて来るように、と言って船着場の近くの家に母を荒々しく連れて行った。そこには警察官が二人いて、母と清作を板張りの部屋に坐《すわ》らせた。清作は事情がのみこめなかったが、警察官の眼の光におびえ、顔を伏せて坐っていた。

その後、三人の女と二人の男が引立てられてきて、午後おそく清作たちはそれらの男女とともにトラックに乗せられ、隣町の警察分署に運ばれた。母は留置場に、清作

は宿直室に入れられた。夜になると、部屋に小さな電球がともった。かれの住む島には電気がひかれていず、ランプの灯《あかり》しか知らぬので電燈の光がひどくまばゆいものに感じられた。が、電光に対する興味も、やがてきこえはじめた人声と物音でたちまち失《う》せた。

訊問《じんもん》する部屋は二階にあるらしく、上方から男の激しい怒声と、なにかをたたく音がする。女の泣きながら哀願するような声がきこえてきたが、それが母のものかどうかはわからなかった。かれは体をふるわせ、人声と物音が絶えても眠りにつくことはできなかった。

翌々日、母とともに分署から釈放された。母の顔はむくみ、眼のふちから耳の付け根にかけて青黒い痣《あざ》がひろがっていた。かれは、乾いた海岸沿いの道を黙ったまま歩いてゆく母の後からついていった。

母は、郵便局に寄って袋を手に船に乗ったが、放心したように船底に腰を落したままであった。かれは、なれぬ手つきで櫓を漕いで島に帰った。

難をうけたのは、母だけではなかった。島から伊与田町に行った者が二名、同じように私服の警察関係者に連行され、また出漁していた漁師たちも、近づいてきた船の者に軍艦の沈没事故のことをたずねられ、肯定する答えをした六名が、船とともに連れ去られた。女は、短期間で釈放されたが、男たちは最も期間の短い者でも十八日間拘留《こうりゅう》された。殊《こと》に二名の漁師は、遠く岩国市に送られ、きびしい訊問をうけて検事局で書類送検され、三ヵ月後にようやく島へもどされた。

二人は拷問《ごうもん》もうけたらしく、一人は歯が欠け、他の者は鼓膜を破られていて、半病人のように寝ついてしまった。家族がどのような扱いをうけたかをたずねてみても、ただおびえたような眼をしばたたいているだけで、口を開くことはしなかった。

その頃には、寺を宿所としていた警備隊員も島を去っていたが、時折り内火艇がやってきては漂着物の有無《うむ》をただすことがつづいた。また、郵便局では、受け取るのは葉書に限られ封書の取扱いが停止されていた。それは軍艦事故の噂《うわさ》がひろがるのを防ぐ検閲がおこなわれているためらしく、島の者たちは、恐れて葉書を出すこともしなかった。さらに、それまで区長の家などに立ち寄ってくつろぐこともしていた監視哨や砲台の警備隊員たちも、小艇で送りとどけられる食糧その他を船着場にとりにくるだけで、姿をみせることも少くなった。かれらは、あきらかに島の者たちとの接触を避けることを指示されているようだった。が、それでも、隊員の一人の口からムツという言葉がもれ、それがひそかに島の者たちの間にひろがった。

島の者たちは、初めて事故の重大さを知った。「陸奥《むつ》」は、「長門《ながと》」とともに日本海軍を代表する戦艦で、その通過もしばしば眼にしていた。それが爆沈したことを思うと、泊地に最も近い島の住民に対して海軍と官憲が苛酷《かこく》な処置をとったのも無理はなかったのだと考えた。

年が明けて間もなく、書類送検された男の一人が高熱を発し、伊与田町の医院に運ばれたが、翌日、死亡した。死因は肺炎であったが、体が衰弱していて病菌に対する抵抗力が欠けていたことはあきらかで、島の者たちは、その死を男が検束されたこととむすびつけた。

かれらは、軍艦事故について話すことはせず、むろん沈没した軍艦の艦名を口にする者もいなかった。

その頃から、島では、多くの男たちが徴兵され、漁に出るのは大半が老人と楫子《かじこ》になった。戦局の悪化が伝えられるようになって通過する軍艦の数も減り、やがて呉軍港その他を空襲して引返す艦載機が上空を過ぎ、気まぐれのように銃撃して去ったりした。

翌年の夏、ラジオを持たぬ島の者たちは、監視哨の兵から終戦を告げる放送があったことを知らされた。やがて、警備隊員たちは、私物をかかえ、区長に軽い挨拶《あいさつ》をすると、迎えの艇に分乗して島を去っていった。

半月後、清作たちは、星条旗のひるがえる見なれぬ艦型の艦艇が、つらなって海上を通るのを見た。

海岸の岩には重油がにかわのように附着し、貝類も海草も死滅したままであった。夏が去り、男たちがつぎつぎに復員してきて、漁に出る船も増した。その頃から、漁獲物を買いとるため、闇《やみ》商人が紙幣の束を手に船を乗りつけることが多くなった。が、漁師たちは、伊与田の町役場の指示にしたがって統制価格で町の漁業組合に引渡していた。かれらは、国の定めた規則にそむく気持などなかった。

軍艦事故の折のいまわしい記憶は、そのまま島の者たちの胸にこびりついていた。伊与田町から郵便物とともにとどけられる新聞で、世情が大きく変化していることを察してはいたが、他言してはならぬという厳命をそのまま守り、事故について話し合うこともしなかった。

清作は、伊与田町へ赴く時、見知らぬ男から呼びとめられるような不安を感じていた。もし話しかけられても、かたく口をつぐんでいなければならぬ、と思った。時折り、警察官に出遭うことがあったが、その度に自分の顔から血の色がひくのを感じ、体をかたくして通り過ぎた。

二艘《そう》の船を持つ金蔵の家では、金蔵と弟がそれぞれ楫子とともに漁をしていた。が、楫子の一人は前年末に病死し、さらに楫子が逃げたので、金蔵は弟とともに一艘の船で漁に出なければならなかった。

金蔵たちは、伊与田町をはじめ海岸線の町村の漁業組合からの連絡を待った。が、一週間たっても楫子を発見したという報《しら》せはなかった。楫子が巧みに船を盗んで本州に逃げたとも想像されたが、船が盗まれたという情報はなく、かれらが伊与田町の属する島のどこかに身をひそませていることは疑いの余地がなかった。清作は、金蔵に雇われていた楫子の、絶えず薄笑いをうかべた眼を思い起し、年下の楫子を連れ想像もつかぬ智恵をはたらかせて逃げまわっているのだろう、と思った。

四月下旬に入ると、鯛《たい》の餌食《えぐ》いが活潑《かっぱつ》になり、かなりの漁を得てもどってくる船が多くなった。

清作は、その日も、朝八時に船を出して伊与田町にむかった。島の切り立った崖《がけ》に沿って進み、瀬戸ヶ鼻をまわって瀬戸に出た時、前方から一艘の船が近づいてくるのに気づいた。櫓を動かしているのは、伊与田町の漁師で、船には二人の警察官が坐っていた。

海流が瀬戸附近でぶつかる時刻で、線状の白波が長く伸びていた。清作はこちらに向けられている警察官の眼から視線をそらせ、白波を越えて船をやり過した。

船は、清作の住む島にむかっているが、警察官がなぜ島を訪れるのか、かれにはわからなかった。戦後、食糧事情が悪化し、統制食糧品の取締りがきびしさを増しているが、警察官が島の漁獲物の横流しを監視するため出向いてゆくのかも知れなかった。その点では島に違反者はなく、処罰される者はいないはずだった。それとも警察官が島へ行くのは公的な意味ではなく、個人的に魚介類を譲りうけようとしているのかも知れない、とも思った。鯛漁は最盛期に入っていて、かれらがそれを入手したいと願うのも無理はなかった。

清作は、ひそかに遠ざかる船を見つめた。

その日、郵便局で二時間ほど待たされた。郵便物を運ぶトラックが、エンジン故障を起して到着がおくれたためであった。

やがて、やってきたトラックから郵便物がおろされ、かれは仕分けされた郵便物を袋に入れてもらい、船着場に急いで引返した。

一時間後、島にもどったかれは、船着場に副区長をかこむようにして集っていた者たちの口から、思いがけぬ出来事が起ったことを報された。島にやってきた二人の警察官は、船着場からすぐに区長の家に行き、楫子がいないため漁を休んでいた友吉を呼びにやらせた。さらに金蔵が弟とともに漁に出ていることをきくと、区長と友吉を船に乗せて漁場へむかったという。

副区長たちは、口々にさまざまな憶測を交していた。警察官たちが友吉を船に乗せ金蔵のいる漁場へむかったことから考えて、かれらの動きが逃げた楫子と関連のあるものだということは想像できたが、どのような事情によるものかは判断がつかなかった。

清作の胸に、軍艦事故が起った直後、母と警察分署に連行された記憶がよみがえった。さりげない問いかけに応じただけで、母をはじめ多くの者が荒々しい扱いをうけ、長期間拘留され書類送検された者さえいた。その時と同じように、想像すらできぬ事《こと》柄《がら》を理由に、金蔵たちをはじめ島の者が処罰の対象にされるのかも知れなかった。

清作は、副区長たちと、遠く海鳥の舞う漁場の方向を見つめていた。

その日、夕刻になっても区長をはじめ金蔵兄弟と友吉は島へもどってはこなかった。出漁していた漁師たちは、金蔵の船が警察官の船とともに伊与田町へむかうのを目撃していた。区長も連れ去られたことは、重大な意味をもつものらしいと推定された。

翌日は大半の者が漁を休み、不安そうな表情をして船着場へ集ってきた。口数も少く、段々畠《だんだんばたけ》や凪《な》いだ海に眼を向けていた。

午後、金蔵の弟が、一人で櫓を漕いでもどってきた。船着場についたかれを、副区長たちが取りかこんだ。

金蔵の弟は、白眼の勝った眼を落着きなくしばたたかせながら、低い声で事情を説明した。推測通り、金蔵たちが分署に連行されたのは、逃げた二人の楫子と関係があった。

楫子たちは、或《あ》る期間海岸線に出ることを危険と察したらしく、山間部に足を向け、村落から村落へと渡り歩いた。家族が畠に出ている無人の家に忍びこむと、食物をあさり、金品を盗み、夜は、炭焼小屋や祠《ほこら》、納屋《なや》などで寝た。それらの村落から警察官派出所に盗難届が出され、警察署から各村落に警戒するよう連絡された。

やがて二人の少年が或る家の裏口から山林の中へ逃げこむ姿を眼にした者がいて、盗みを働いて歩きまわっている少年と断定し、村人たちが附近一帯を探しまわったが、少年たちは巧みに姿を消した。

三日前の早朝、消防団員が器具置場の小屋で熟睡している楫子たちを発見して捕え、派出所に突き出した。かれらは伊与田町の隣り町にある警察分署に送られ、取調べを受けた。

「良一のやつが、あることないこと告げよったんじゃ」

金蔵の弟は、かれの家で雇っていた楫子の名を口にし、顔をしかめた。

その楫子は、係官の訊問に対し、村落での盗みをすべて認めた。さらに、島から逃げた理由について、強い口調で訴えた。それは、島での苛酷な待遇によるもので、最低限の食物しかあたえられぬ上に、海での労働は少年の体力の限界を越えたものだ、と述べた。雇主は、少しでも楫子が手を休ませれば激しく殴打し、懲罰として食物も絶たれる。冬になっても薄いふとん一枚しか渡されず、土間に敷かれた蓆《むしろ》の上でふとんを巻き、その中にもぐりこむ。傷を負ったり病気にかかったりしても、手当はしてくれない。良一が逃げる気になったのは、同じ金蔵の家に雇われている誠という一歳下の楫子が発病し、そのまま放置され、死んだことに恐怖を感じたからだ、と言った。

金蔵の弟は、良一があることないことをしゃべったというが、誠の死に関するかぎり半ばは事実であった。清作も、郵便物を金蔵の家に配達した折、体を横たえていた誠の姿を眼にし、さらに、金蔵の弟が良一とともに、誠の遺体を戸板にのせて墓地の方へ運んでゆくのを見た。ただし、日常生活については、良一の陳述は誇張されたものであった。楫子には家族と同じ食物があたえられていたし、寝る折も土間などではなく、雇主の子供たちとふとんを並べて睡眠をとる。仕事を仕込む上で平手打ちをすることはあっても、良一の訴えたような傷を負わせるほどの体罰を加えることはなかった。

「しかし、良一がそんなことを言いよったとしても、なぜに区長まで警察に連れてゆかれたりしたんじゃ」

楫子を使っている漁師の一人が、いぶかしそうにたずねた。分署の係官は、当然、島で楫子が年季で雇われ、鯛漁に従事していることは知っていて、良一の訴えを重大視するはずはなかった。

金蔵の弟は、漁師に顔を向けると、

「それがやな、進駐軍が動いとるらしいんじゃ」

と、言った。

漁師をはじめ副区長たちは、かれの顔に視線を据《す》えた。新聞には前年の十月中旬、アメリカの海兵隊についで陸軍部隊も県内の要所に進駐したことが報道されていた。島の者が伊与田町の配給所に行った折、自動小銃を肩にした米兵が、ジープ二台に乗って走り去るのを眼にし、それが島の話題になったこともある。警察機関が連合国軍の監督下におかれ、発生した事件のすべてが連合国軍の担当部門に報告されているだろうことは想像できたが、楫子の盗みなどという些細《ささい》な事柄が、連合国軍の関心をひいたとは思えない。

「進駐軍が、どうしたというんじゃ」

副区長が、もどかしそうにたずねた。

「よくはわからんけが、刑事さんが進駐軍の命令でもあるしな、と言うたんじゃ。区長さんも兄貴たちも、かなりきびしい取調べをうけとるらしい。おれは、一晩、留置場におかれただけで、なにもきかれず帰された」

金蔵の弟は、弱々しげな眼をして言った。

かれを取り巻く者たちは、黙ったまま立っていた。清作も事情はつかめなかったが、なにか為体《えたい》の知れぬ災いがふりかかってくるような恐れを感じた。

金蔵の弟が、疲れきった表情で自分の家の方へもどってゆくと、副区長たちも船着場から無言で散っていった。

清作は、船主の家に行き、段々畠に肥料を運んだり薪《まき》を割ったりしながら、時折海に眼を向けていたが、区長たちがもどってくる気配はなかった。母は、夕方、家にもどってからも口をきかず、暗い眼をして炉にかけた鍋《なべ》から立ち昇る湯気を見つめていた。

その日、夜半から小雨をまじえた強い風が吹きつのった。波浪の岸に押寄せる音が家をつつみ、雨戸が絶え間なく軋《きし》み音を立てる。清作は何度も眼をさまし、小さくともるランプの灯《あかり》に眼を向けていた。

翌朝、家の外に出てみると、海には三角波が一面に立ち、磯《いそ》や突堤附近はくだける波の飛沫《ひまつ》で白く煙っていた。船着場には、漁船が互に結び合わされ、揺れながらぶつかり合っていた。

伊与田町に郵便物を受け取りに行く日であったが、むろん船は出せず、家の中で雑穀の臼《うすび》挽きをしてすごした。妹は、分教場への道が波で洗われて通れぬので、隣家の同級生のもとに行って遊んでいた。

風雨は、翌日の正午近くまでつづき、夕方には西の空が鮮やかに染った。波は鎮《しず》まらず、荒れた海面が茜《あかね》色に輝いていた。

その翌朝、海は凪ぎ、空は青く澄んでいた。

朝食をすますと、妹はノートと鉛筆を入れた布袋をかかえて分教場へ出掛け、清作は、母と家を出た。母は船主の家へ通じる坂道をのぼってゆき、清作は郵便袋を手に磯に沿うた道を歩いていった。

船着場に、副区長と数名の男が立ってこちらに顔を向けていた。漁船は出漁していて、清作の使う小船が船着場のはずれに浮んでいた。

かれは、副区長たちの表情で自分を待っていたらしいことを察し、副区長たちに近づくと足をとめた。

「清作。伊与田に行って郵便局での用事をすませたら、漁協の組合長の家に立ち寄れ。ただし、だれか家に組合長以外の者がおったら、そのまま寄らずに帰ってこい。組合長に、区長たちが警察に呼ばれたままもどってこんが、なにか知っとることがあったら、教えて欲しい、と言え。おれたちが行ってききたいのは山々じゃが、警察に知れるとまずいことになるかも知れん。お前は仕事があるのだから、伊与田に行ってもおかしくない」

副区長は、口早やに言った。

清作は、うなずいた。

男の一人が、言葉を添えた。

「今日から漁師は、何事もなかったように漁に出させることにした。いつもと変らぬ暮しをする。お前も、今まで通り伊与田に行って郵便物をもらってくる。わかったな」

清作は、男たちの視線に射すくめられたように再びうなずいた。

かれは、副区長たちの前をはなれると船に乗り、綱をといた。そして、ぎこちない手つきで櫓を動かし、突堤の外に出た。ひそかに船着場に眼を向けると、自分を見送っている副区長たちの姿がみえた。船は、おだやかな海の上を進んだ。

瀬戸に近づくと、前方に多くの漁船が点々とうかんでいるのが見えた。伊与田町をはじめ他の町村から、天候回復を待って出漁している船であった。

町の家並が、いつもとはちがったものに感じられた。軍艦事故の折も同じであったが、島の者たちの生活は、島外から脅《おび》やかされる。伊与田町は、食糧をはじめ生活必需品などを島にあたえてくれる地であるが、同時に災厄《さいやく》ももたらす。かれは、町に船を近づけることにおびえに似たものを感じた。

船着場に船をつけると、ひそかに視線を走らせた。警察関係者がいるような気がしたが、人の姿はなかった。

郵便袋を手に、道を急いだ。前日までの風に吹き散らされたらしく、海草が路面に乾いてはりついている。

郵便物はすでに着いていて、局の女は、いつもと変らぬ表情で郵便物を袋に入れてくれた。かれは、局を出ると、船着場へ通じる道とは反対方向の道をたどった。

組合長の家は、海沿いの小川に架《かか》った橋のたもとにあった。橋の上で足をとめて周囲をうかがい、家に近づいた。内部をのぞいてみると、家の裏手の空地が見通せ、空地に面した縁側に坐《すわ》っている組合長の背がみえた。

かれは、家の裏手にまわり、組合長に頭をさげ、島から来たことを口にした。組合長は、煙管《きせる》を口にくわえたまま清作の顔に眼を向けた。

清作は、途切れがちの声で副区長から言われた言葉を伝えた。

組合長は、刻み煙草《たばこ》を煙管につめながら黙っていた。白い無精髭《ぶしょうひげ》につつまれた口は、幼児のように赤みをおび、濡《ぬ》れている。

やがて、組合長が口を開いた。

「昨日、おれの所にも巡査が来よって、お前たちの島の様子のことについてきいていった。なぜそんなことで区長たちがつかまったのかたずねたら、ともかく民主主義だからと言っとった。おれがきいたのは、それだけじゃ」

組合長は、再び煙管をくわえた。

清作はうなずくと、頭をさげ、空地から路上に出た。民主主義という文字は、新聞で何度か見たが、それは時代が変ったことを意味する言葉であるようだった。組合長の答をつたえれば、副区長たちはなにか区長たちの連行された理由をつかめるにちがいない、と思った。

かれは、自分に課せられた役目を果せたことに安堵《あんど》を感じ、足を早めて歩いていった。

島の船着場に船を寄せると、かれの帰りを待っていたらしく、副区長たちが家並の間の細い露地から姿を現わした。かれらは、小走りに船に近づいてきた。

「どうした、組合長に会えたんか」

副区長が、かれの顔を見つめた。

清作は、副区長たちが自分を成人した人間のように遇してくれていることに面映《おもは》ゆさを感じながら、はい、と答えた。そして、組合長が警察官からきいた話を口にした。

「民主主義？　民主主義でつかまったというんか」

副区長の顔にはいぶかしそうな表情がうかび、他の男たちと顔を見合わせた。かれらは、口をつぐんだ。

清作は、副区長たちが納得しかねていることを意外に思った。民主主義は、連合国軍が日本に進駐と同時にひろめたもので、すべての判断の基準になっている。区長たちが連行されたのは、それに反した行為をしたと解されたからにちがいなかった。

「民主主義だというと、やはり進駐軍と関係があるんか」

副区長の顔に、恐れの色がうかんだ。

連合国軍の艦艇は島の近くの泊地を利用せず、日本海軍の艦艇のようにひんぱんに島の前を往き交うことはない。が、それでも時折り小型艦や輸送船が星条旗やユニオンジャックの旗をつけて通る。それに、空には星のマークをつけた軍用機も、爆音をあげてしばしば過ぎた。島の者たちの眼《め》にする連合国軍は、艦船や飛行機に限られているが、かれらは、それらに威圧されるものを感じていた。副区長は、警察の背後に連合国軍の存在があるらしいことに、衝撃をうけているようであった。

清作は、神ノ浦に郵便物の集配に行き、家にもどって妹と昼食をとった。妹が分教場に走り出て行き、茶碗《ちゃわん》を洗っていると、かすかなエンジン音がきこえた。それは、終戦直後から耳にすることもなくなった日本海軍の小艇の発する音と同じであった。

かれは、家の裏口から出ると海を見た。五トンほどの白い艇が、航跡をひきながらかなりの速度で進んでくる。艇は、突堤に近づいてくると減速し、船着場に入ってきた。艫《とも》には、小さな星条旗が垂れていた。

近所の家々から出てきて船着場に眼を向けていた女たちが、艇が米軍のものであることに気づいたらしく、短い叫びに似た声をあげると、家の中に走りこんだ。そして、子供を抱き、老人の手をひいて、うろたえたように裏山への道をのぼっていった。

清作は、逃げたい衝動にかられながらも、家のかげから船着場をうかがっていた。

白い鉄帽をかぶった二人の大柄《おおがら》な体格をした男が、艇から岸にあがった。茶色い軍服を着、腰に拳銃《けんじゅう》をさげている。一人は長身で、他の男は肥《こ》えていた。進駐軍だ、と清作は思った。初めて眼にする異国人であった。

背広を着た日本人らしい小柄な男がつづき、二人の警察官に付添われた男と二人の少年が船着場に立った。男は服装から察して区長で、少年は金蔵と友吉の家に雇われていた楫子《かじこ》にちがいなかった。区長は、手錠をかけられているらしく、両手を前にそろえていた。

警察官の一人が、家並の間の露地に入っていった。異国兵たちは、煙草をすいながら家並に眼を向けていた。

しばらくすると、警察官が副区長をともなって露地から出てきた。背広を着た男は通訳らしく、その男を中心に警察官と異国兵がなにか話し合っているようだったが、副区長を先頭に連立って露地に入っていった。

清作は、かれらの消えた家並を見つめていた。風はなく、船着場にもやわれた艇の旗も垂れたまま動かない。かすかに波の音がするだけで、深い静寂がひろがっていた。

家並の裏手の道に、人の姿が現われた。副区長以外に数人の男たちが加わっていて、異国兵や警察官たちとゆるい坂道をのぼってゆく。それは、裏山にある共同墓地に通じる道であった。かれらは、うねった山路をのぼり、濃い緑のひろがっている樹林の中に入っていった。

清作は、家の周囲を見まわしてみたが、露地に人の姿はなく、物音は絶えている。家のせまい空地に咲く金盞花《きんせんか》の花に飛び交う蜂《はち》の羽音が、きこえているだけであった。異国兵たちが墓地へ通じる道をのぼっていった理由が、かれにはわからなかった。もしかすると、仮埋葬された梋子の誠の遺体と関係があるのかも知れなかった。

かれは、家の板壁に体を寄せて樹林の方をうかがっていたが、村の男たちが道をおりてくると、再びのぼってゆくのがみえた。かれらの背には鍬《くわ》の刃が鈍く光り、蓆らしいものをかついでいる者もいた。

異国兵たちが樹林に入ってから一時間ほどした頃、林の中から紫色がかった煙が立ちのぼりはじめた。それは墓地のあたりからで、清作は板壁から体をはなし煙を見つめた。

やがて、樹林から異国兵たちが出てきて、体をはずませるように坂道をくだってきた。かれらは家並の間にかくれたが、すぐに海岸沿いの道に姿をあらわし、船着場に歩いてゆく。区長と梋子が艇に乗り、異国兵と警察官もそれにつづいた。

はじけるようなエンジン音が起り、艇尾の海水が白く泡立《あわだ》った。艇は、船着場をはなれ突堤の外に出ると、驚くほどの速さで走り出した。艇は舳《へさき》を上げて波を散らして進み、大きく弧をえがいて瀬戸の方向に舳を向けると島かげに消えていった。

かれは、煙を見上げながら墓地への道をのぼりかけたが、足をとめた。警察官が異国兵と艇に乗って去ったのを眼にしたが、それが一人であったか二人であったか記憶は曖昧《あいまい》で、警察官がまだ残っているようにも思え、墓地に行く気にはなれなかった。

煙の色は黒く変り、勢いよく立ちのぼっている。かれは、煙を見つめながら立ちつくしていた。

夕刻、漁船がつらなるようにもどってきた。それを出迎えた副区長たちから異国兵たちが本浦にやってきたことを報《しら》された漁師たちの動揺は激しく、鯛《たい》を船の生簀《いけす》からあげることもせず船着場の附近に立ちつくしていた。

M・Pという文字を記した鉄帽をかぶった異国兵が警察官を案内役にして島へやってきたのは、楫子の良一の陳述内容の事実をたしかめるのを目的としていた。かれらの所属する米軍の機関は、楫子が前借金によって年季明けまで無報酬で労働に従事させられる島の慣習に注目し、警察に対して調査を命じたため島の責任者として区長も連行されたことがあきらかになった。米軍側は、楫子たちの中に十歳にもみたぬ者がふくまれていることを知り、人道上許しがたい児童虐使《ぎゃくし》の行為と解釈した。

さらに、良一が口にした楫子の誠が手当も受けずに死亡したということが、米軍側を強く刺戟《しげき》したようであった。金蔵を捕えたのはそれを糾明するためで、友吉にもそれに類した行為があったのではないかという疑惑がもたれたらしかった。

誠の死体の処理についても、米軍側は、それを榾子に対する差別をしめすものとして判断した。島では死体を火葬に付すが、誠が土葬されたのは榾子の死を粗略に扱う慣習によると考えられた。区長はむろん弁明したにちがいなく、副区長も警察官や米軍通訳の日本人に、引取りにくる遺族に遺骨を渡す上での理にかなった処置だ、と説明した。

しかし、米兵は、憤《いきどお》りの色を露《あら》わにして承服せず、副区長に誠の遺体を発掘させ火葬に付すことを命じたのだという。

「こんなことをおれが言ったんが知れよると、警察に引っぱられるじゃろうが、ともかく進駐軍も警察も、良一の言ったことをすべて信用し、区長やおれたちが言うことに耳をかそうともせん。誠が死んだんは病気が原因なんじゃのに、金蔵が殺しでもしたようなことを言う」

副区長は、腹立たしげに言った。

また、遺体の発掘に従事した男は、

「火葬を終えたら、遺骨を警察にとどけろ、と言われた。ともかく、おれたちは罪人扱いじゃ」

と、眼をうるませて言った。

夕闇《ゆうやみ》が、ひろがりはじめた。

かれらは、裏山の樹林の上方がほのかに赤らんでいるのを見上げていた。

翌朝、副区長が、焼き上った骨を入れた壺《つぼ》を手に二人の男を連れて伊与田町に行った。

午後にもどってきた副区長たちの表情は、暗かった。かれらが警察分署に赴くと、待ちかまえていた新聞記者から質問を受け、写真もとられたという。

「これからどうなるんじゃろう」

副区長は、沈鬱《ちんうつ》な眼をしてつぶやくように言った。


次の日から三日間、海が荒れ、清作は波が鎮まるのを待って伊与田町へ行った。局のガラス戸を開けたかれは、女の自分に向けた眼に、それまでとは異った光がうかんでいるのを感じた。女は無言で郵便物を渡してくれたが、局を出る自分の背に女の視線が強くそそがれているのを意識した。

かれは、女の態度に変化がみられたのは、区長たちが捕えられ進駐軍と警察にきびしく追及されていることを知ったからにちがいない、と思った。が、島にもどったかれは、それだけではなく女が前日の県内紙に掲載された記事を読んだからであることを知った。

その新聞は、島に持ち帰った郵便物の中にまじっていて、人の手から手へ渡された。記事は大きく、見出しには人身売買、奴隷《どれい》島という文字がみられ、良一の陳述による少年たちを虐使している島の慣習が、感情的な筆致でつづられていた。残忍な雇主として金蔵、友吉が逮捕され、人身売買を黙認していた区長も取調べを受け、調査が進むにつれて今後、島の雇主の中から逮捕者が続出することが予想される、と書かれていた。最後に、米軍スポークスマンの談話として、民主主義は、個人の権利、自由を尊重する思想であり、それに反した人身売買、児童虐使は人道上許されぬ行為であり、厳しく追及されるべきである、と述べられていた。島から逃げた二人の棹子の並んで立つ写真と、島の位置をしめす略図ものせられていた。

清作は、島に住む自分たちに非難が集中しているのを感じた。終戦後に耳にしたことだが、軍艦事故の折には、島以外の泊地に近い地でも多くの者が警察関係者に捕えられて拘束をうけ、処罰された者もかなりの数にのぼったという。泊地近くで操業中に艦の爆沈するのを望見した十名近い漁師が、遠隔の地に連れ去られ、半年以上も軟禁状態におかれたともいう。その事故では、泊地に近い地の者が一様に難にあったのだが、楫子逃亡に端を発した出来事では、島の者だけが罪の対象にされている。清作は、一日置きに伊与田町へ行かねばならぬ自分の立場に堪えがたい苦痛を感じた。

新聞報道はそれで終ったわけではなく、翌日、米軍の艇に乗った数名の記者が島にやってきた。かれらは、思い思いに露地に入りこみ、家の中をのぞきこんでは人を見《み》出《いだ》すと質問を浴びせかけた。清作は、かれらの質問に沈黙を守りつづける自信がなく、近所の人々と裏山に駈《か》け上り、身をひそめた。

艇は二時間ほどたってから去っていったが、二日後の新聞には、再び楫子の生活が誇張された表現で記事にされていた。死亡した楫子の埋葬されていた墓地や、船着場から撮影した家並の写真ものせられ、記事の中に、島民の眼は険しく、質問にもかたく口を閉していたとも書かれていた。

島の者たちは、二度にわたる新聞報道に萎縮《いしゅく》した表情をしていたが、楫子を雇っている漁師たちの動揺は大きく、平静さを失っていた。楫子を使っていることが罪悪であれば、自分たちも捕えられ処罰される。かれらは不安に駆られて漁を休み、中には寝込む者もいた。楫子に対する扱いにも気をつかい、食事に副食物を多く添えたり、手拭《てぬぐい》や下着をあたえたりしていた。

空梅雨《からつゆ》が去って、裏山の緑の色が濃さを増した。瀬戸の附近から伊与田町までの海面では、春にみられるものよりも大型の夏トビと称される飛魚の飛ぶ姿がみられた。

裏山の樹林から蟬《せみ》の声が湧《わ》くようになった頃《ころ》、区長たちの処分が決定した。金蔵は、十ヵ月の実刑判決を受けて刑務所に送られ、区長と友吉は釈放され、警察官に伴われて島にもどってきた。二人の顔は、長い間陽光を浴びることなく留置されていたため青黄色く、刈られた頭も青かった。

二人の釈放には、楫子の年季制度の廃棄が条件にされていた。前借金による契約は無効とし、原則として楫子は年季途中でも親もとに帰す。雇主は親に前借金の返却を求めてはならず、もしも、楫子本人と親の合意のもとに雇う場合は、雇主は月々相応の給与を支給し、その中から貯金もさせる。また、義務教育をうけねばならぬ年齢の楫子には、分教場に通わせることが義務づけられた。

警察官は、それらの条件を個条書きにした書面をしめし、区長と副区長に連名で署名、捺印《なついん》させた。そして、二ヵ月に一度、指示した通りの条件を確実に実行しているかどうかを調査にくる、と告げ、島を去っていった。

区長は体が衰弱していたので、副区長が中心になって警察側から命じられた条件の実行にとりかかった。

まず、本浦十三名、神ノ浦一名の楫子の親もとに手紙が出され、警察の指令で年季契約を廃棄して無条件に楫子を帰させることをつたえた。それに対する返事が一週間たった頃からとどくようになり、一ヵ月後にはすべてまとまった。帰して欲しいと書いてきたのは九通で、他は食糧事情が悪く子供を引取ることができないので、島にとどめて欲しい、と書かれていた。

親のもとに帰ることになった少年たちは神ノ浦の一名をふくめてすべて十歳以上の者たちで、雇主たちは、それぞれかれらを船に乗せて愛媛県下に送りとどけた。

残った五名の楫子の扱いは、雇主の漁師たちを困惑させた。七歳から十歳までの少年たちばかりで、分教場に通わせねばならぬ義務年齢にあった。かれらを通学させれば、楫子として使えるのは日曜日と祝祭日に限られ、もしもその日に海が荒れれば、漁に連れて行ける日はさらに少くなる。衣食住を保証して通学させ、その上、漁にも使えず給与を払わねばならぬのは矛盾している、とかれらは思った。

しかし、警察の指示にそむくことは処罰されることにつながるため、かれらは鉛筆やノートをあたえて楫子たちを分教場へ通わせた。

楫子たちは、物珍しげに他の子供たちと家を出て行ったが、一週間もたたぬうちに通学する熱意を失い、やがて全員が分教場に行くことをやめてしまった。かれらは、教師の配慮で低学年の授業をうけていたがそれについてゆけず、また、昼食時に分教場と本浦を往復することに辟易《へきえき》し、海で働く方が興味がある、と訴えた。

漁師たちには好都合であったが、かれらの希望をそのまま受け入れることもできず、警察の指示を仰ぐため副区長が警察分署に出向き、事情を説明した。係官は、煩《わずら》わしそうに黙しがちであったが、子供の自由と権利を守れ、と答えただけであったという。

副区長は、係官の態度から察して、警察はその件について黙認する意向だと解釈し、漁師たちに楫子を連れて漁に出ることを許した。

七月に入ると、鯛の魚影が濃くなった。夏から初冬にかけて海上は安定し、一年間で最も漁獲に恵まれる。その時期を前に、楫子に去られた漁師たちの顔には苛立《いらだ》ちの表情がうかんでいた。やむなくかれらは、他の漁師と組んで船を出し、漁獲を等分したりしていた。

盂蘭盆《うらぼん》の入りの日を迎え、漁は休みになった。清作の家では、他の家々と同じように精霊棚《しょうりょうだな》を作り、家族そろって墓地に行って墓を洗い、香華《こうげ》をそなえた。

その日の午後、島から伊与田町へ十艘近くの船が出掛けていった。漁師の家では、次男以下の者の大半が船を持てず、島外に出て生活し、正月と盂蘭盆に島へもどってくる。殊《こと》に食糧事情が悪化してから、日常口にできぬ魚介類を求めて帰ってくる傾向がいちじるしくなっていた。出掛けていった船は、かれらを迎えるためで、夕方までにはそれぞれ帰休者を乗せてもどってきた。人数は三十名を越え、中には妻子をともなった者もいた。

日没後、家々の戸口で迎え火の松葉が焚《た》かれ、清作も母や妹とともに、このあかりでおいでなされ、と唱和し、迎え火に合掌した。盆休みで帰ってきた者が加わったため、本浦は夜おそくまでにぎわった。

かれらは、口々に椙子のことが新聞報道で広く知れ渡り、大きな話題になっていることをつたえた。母親が子供を叱《しか》る折に、島へ送るという言葉を使うことも流行《はや》っている。かれらは自然に生れ故郷が島であることを知られぬようにつとめ、それも叶《かな》わぬ時は伊与田町の出身だと偽るという。それらの話に、島の者たちは表情を曇らせていた。

翌日、五艘の船が桶《おけ》を何個も積んで伊与田町へ行き、桶に水をみたして島へ運んだ。島の井戸は湧水量《ゆうすいりょう》が少く、井戸を新たに掘っても水は出ない。島の者たちは水を節約するが、帰休者たちは、島をはなれてから水を自由に使うことに慣れ、ただでさえ少い水はかれらが加わったことで、たちまち不足する。それを補うためにかれらが帰ってくる正月と盂蘭盆には、水もらいをすることが習わしになっていた。

島の者たちは、帰休者の家に集って時間を過した。新聞以外に島外の状況を知る機会のない島の者たちは、かれらの口にする話に耳を傾けた。新聞で知っている事柄もあったが、初めて耳にすることも多く、社会的な混乱が想像を越えたものであることを知った。

前年は冷害による農作物の大凶作で、食糧状態は戦時中よりもさらに悪化して配給は杜絶《とだ》え、東京をはじめとした大都市では餓死者まで出ている。都市には闇市《やみいち》が設けられ、雑炊その他が売られている。戦災で肉親を失った孤児や浮浪者が駅周辺に屯《たむろ》し、夜の女も巷《ちまた》にあふれている。進駐軍のトラックは、昼間からヘッドライトをまばゆく灯《とも》して疾走し、兵たちは、日本の若い女を抱きかかえて歩いている。発疹《はっしん》チフスで死ぬ者が続出し、米兵が家々に土足で入りこんではD・D・Tを撒《ま》き、家族の下着の内側や頭にも吹きつける、という。

島の者たちは、それらの話を呆気《あっけ》にとられてきいていた。かれらは、激しく揺れ動く社会の中で島が孤立しているのを感じた。

隣家には、先代の主人の弟がもどってきていて、清作も近所の者たちとその男の話をきいた。

薄い口髭《くちひげ》をはやした男の話し方は物静かで、漁師の家の出身という印象はなく、都会生活にすっかりなじんでいるのが感じられた。男は、地方の町村を歩いて古着を買い集め、それを露天商などに売っているというが、帰休者の一部のように羽振りがよいことを自慢する風はみられなかった。

男は、同じ家で間借りしている新聞記者からきいた話だが、と前置きして、楫子事件についての記者の解釈を口にした。記者は、楫子事件が大きく報道されたのは連合国軍の意図にもとづくものだという。連合国軍は、占領政策上人道的であるという印象を日本人にあたえることにつとめているが、楫子事件を恰好《かっこう》の材料として警察を督促し、報道関係にも強く働きかけた。年季雇用制度は商店などでもおこなわれているが、それに手をつけるよりも、小さな離島の楫子年季制度を採り上げた方が、報道効果が大きいと判断した、という。

「うまく利用されたんだ、と、その記者はもらしておったよ」

男は、おだやかな口調で言った。

また、男は、島の者が時折り姿をみせる商人に鯛を一匹も売らず、すべて統制食糧品として伊与田町の漁業組合に公定価格で渡しているのをきくと、さすがに呆《あき》れたようであった。

「買いにくる商人は、それを何倍もの値段で闇に流す。組合に渡すのもいいが、三分の一程度は渡さなくてもわかりはしまい。それを都会に持っていって売ったら、大金をつかめる。もしも、そんな気があるなら手を貸してもいい」

男は、あらたまった口調で言った。

しかし、漁師たちは、小心そうな眼《め》をして口もとをゆるめているだけであった。

送り火がたかれ、翌朝、帰休者たちは、魚や海草などの干物をリュックサックに入れて島をはなれた。清作は、他の者たちと遠ざかる船を見送った。

暑熱がつづき、清作は、頬《ほお》かぶりをして伊与田町との間を往復した。顔も手足も日焼けし、皮膚はむけた。

海上で驟雨《しゅうう》にあうこともあった。遠く海面一帯にすだれのような雨脚《あまあし》のひろがりがみえ、それが早い速度で近づき、激しい雨につつまれる。雨は、白く海上を煙らせながら去っていった。

晴れた日には、沖に四国の峰々がみえ、積乱雲がまばゆくつらなっていた。

秋の気配がきざし、漁獲量はさらに増した。夕方もどってくる船の生簀《いけす》から大きな樽《たる》に鯛《たい》が移されたが、数は多く、形の良いものがそろっていた。かれの眼には、鱗《うろこ》に散る青い斑点《はんてん》が、例年の秋鯛より鮮やかなものに映った。

鯛を漁業組合に渡す代償として、米麦が配給される取りきめになっていたが、豆類や芋を渡されることが多かった。が、全国的に深刻な食糧不足に見舞われていることを知っていた島の者たちは、不平をもらすこともしなかった。

楫子《かじこ》の扱いを調べに警察官が一度やってきたが、それきり再び姿をみせることはなかった。古着商の男がつたえたように、その事件は、ただ連合国軍の政策の材料として利用されただけなのかも知れなかった。

それを裏づけるように、十月に入って間もなく、金蔵が仮釈放されて島にもどってきた。体が、別人のように痩《や》せ細っていた。

かれの話によると、刑務所での食事はふすまや団栗《どんぐり》の粉で作った団子や冠水薯《かんすいいも》などが主で、食物とも言えないものだという。かれが釈放されたのも、食糧の確保になやむ刑務所が入所者数を減らそうという意図によるものらしかった。

金蔵がもどってきたことは、島の者たちに事件が一応の結着をみたという安堵《あんど》をあたえた。金蔵は三日間、休養をとると、弟とともに海へ出た。

その頃《ころ》から、漁師たちは人手不足を真剣に口にするようになった。復員してきた者が加わって漁師の数は増したが、楫子は逆に減っている。その上、楫子たちは、事件が起ってから労働をいとうようになり、仮病を使ったり疲労を訴えたりして早朝起きることもしない。雇主たちは、かれらに去られるのを恐れて叱りつけることもせず、なだめながら櫓《ろ》をとらせていた。

そのような傾向を憂《うれ》えた区長は、それを打開するためには新たに多くの楫子を募る以外に方法はないという結論をくだした。ただ、警察から年季制度の廃止を命じられているので、就労年限の取りきめはせず、月給制とする。が、楫子を円滑に集めるために前借金の意味をふくむ支度金を親にあたえ、それを月々の給与から分割して差引くことにした。また、楫子としての仕事に専念させる必要から、小学校卒以上の少年を募ることにきめた。

区長の指名で、五名の漁師が船をつらねて愛媛県下にむかった。県内の数個所に楫子を斡旋《あっせん》する男や女がいて、漁師たちは、それぞれかれらのもとに出向いていった。

漁師たちがもどってきたのは十日ほどたってからであったが、船に少年の姿はなかった。かれらは斡旋人のもとに赴いて依頼し、斡旋人もそれを受けて動きまわってくれたが、成果はみられなかった。食糧不足に苦しむ家では、島が食糧に恵まれているという斡旋人の言葉に気持も動いたようだったが、新聞の記事になった地であることを知ると、素気なく拒否し、子供を送り出そうとする親はいなかったという。

「斡旋人に、無駄金《むだがね》を払っただけじゃ」

漁師の一人が、落胆しきった表情でつぶやいた。

島の者たちは、あらためて社会の冷たい視線にさらされていることを強く意識した。悲観的な空気がひろがり、漁師たちは諦《あきら》めきった眼をして漁に出てゆく。船着場には、漁に使わぬ船が十艘《そう》近くももやわれていた。

漁師たちが榾子集めに失敗してもどってきてから二日後の夜、家に漁師の松太郎が訪れてきた。松太郎は、父と親しく、その死を嘆き悲しんで通夜《つや》、葬儀の折にも親身になって面倒をみてくれた。

かれの用件は、清作に榾子の仕事をしてくれぬか、ということであった。かれの雇っていた榾子は、事件後、警察の指示で親もとへ帰ってしまい、かれは他の漁師と一艘の船に乗って海に出ていた。が、相手の漁師は、小学校を卒業した甥《おい》に櫓を扱わせることになり、松太郎は船をおりなければならなくなった。かれは困惑し、伊与田町を往復する清作に櫓をとってもらいたいと考え、訪れてきたのだという。

「清作も、いつまでも郵便配達をしているわけにはゆくまい。漁師にならなければならん身だ。身勝手なことを言うようじゃが、あんたが郵便の方の仕事にもどるわけにはゆかんじゃろうか。実は、区長にその話をしたら、結構なことだと言うてくれた。

あんたが勤めとる家には、区長から話をしてくれるそうじゃ」

松太郎は、母に言った。

母は、顔を伏せ加減にして黙っている。

「お前の考えは、どうなんじゃ」

松太郎が、清作に顔を向けた。

清作は、伊与田町との間を往復することによって家計を支えているという自尊心に似たものを感じてはいるが、二十歳以後も、その仕事をつづけている自分を想像すると気が滅入《めい》る。たしかに楫子になれば漁法もおぼえ、漁師としての下地をつくることができるだろう。が、漁師になるには船を持たねばならず、乏しい収入しか得られぬ現状では、将来、船を入手できるような貯《たくわ》えを得ることなど期待できそうにもない。不本意ではあるが、成人後も郵便の集配をつづけるか、それとも島外に職を得て、母に月々の仕送りをしようか、などとも考えていた。

松太郎は、漁師にならねばならぬ身だ、と言ったが、成人後、船の入手に手をかしてくれるつもりなのかも知れない。もしも、その保証さえあれば、楫子の仕事を引受けたい、と思った。

「申訳ないんじゃが、今の私の気持としては清作を漁に出す気はあらんのよ」

母が、顔をあげた。

清作は、内気な母が思いがけずはっきりした口調で松太郎の申出を断ったことに驚きを感じた。

「なぜかいね」

「夫が海にとられた時のことが、今でも忘れられんのよ。私の家では、清作がただ一人の男の子じゃもんね。郵便の仕事は、男にとってつまらんもののように思えるかも知れんが、一人でする仕事ではあるし、気をつかうこともなく楽しいものなんよ。出来ることなら清作には郵便の仕事をつづけてもらいたいと思っちょるのよ」

母は、淀《よど》みない口調で言った。

「そうか、いけんんか」

淡泊な性格の松太郎は、それ以上言葉を口にせず、何度もうなずいた。そして、母のいれた茶をゆっくり飲むと、帰っていった。

翌朝、かれは櫓を扱いながら前夜のことを思い起した。

漁師になって多くの収入を得たい気持はあるが、たとえ船を持つことができるようになっても、櫓をまかせる楫子のことなどで悩まねばならないだろう。郵便物の集配は単調な仕事ではあるが、母の言った通り悠長《ゆうちょう》で楽しくもある。収入が少いとは言え、漁師のそれが漁獲量によって左右されるのとは異って安定している。

将来のことはその時になって考えればよく、自分にとっては分に過ぎた仕事であり、母が松太郎の申出を断ってくれたことは妥当だった、と思った。

伊与田の町の後方につらなる山なみには、かすかに紅葉の気配がみられる。かれは、山の稜線《りょうせん》に眼を向けながら船を進ませていった。

島の樹葉が赤く染まりはじめた頃、清作は区長の家に一通の封書を配達した。それは、古着商をいとなんでいる隣家の先代の主人の弟から寄せられたもので、その内容は人手不足になやむ漁師たちを興奮させた。

文面には、島で楫子が不足していることを耳にし気にかけていたが、かれの住む都市の駅の周辺にいる戦災孤児を使う気はないか、という。試みにかれらに話をしてみたが、例外なく食物を十分に口にできる地ならどこへでも行くという答を得た。さらに、行先が瀬戸内海に浮ぶ島で、漁の手伝いをするのだと話すと、かれらは眼をかがやかせ、連れて行って欲しいと口をそろえて言った。もしも、島でかれらを受け入れる意志があるなら、希望者を連れて行ってもよい、と書かれていた。

区長は、村の重だった者を集めて手紙の内容をつたえ、協議した。その結果、男の申出をすすんで受け入れることになった。

かれらは、楫子不足が解消することを喜んだが、同時に少年たちが戦災孤児であることに一つの意義を見出《みいだ》していた。戦時中、艦載機の来襲もあったが、島にはこれと言った被害もない。さらに終戦後も好漁場を控えているため食糧不足になやまされることもなく日を過している。それとは対照的に、全国の都市の大半は空襲で焼き払われ、おびただしい人たちが死んだり傷つき、終戦後も、家を失った人たちが飢えにさらされながらあてもなくさ迷っているという。

戦災孤児は、それら被災者の象徴ともいうべき犠牲者で、かれらを飢えからまぬがれさせ、親に準じた気持で温く迎え入れることは、同じ島国に住む者の義務に思えた。混乱した世情の枠外《わくがい》にあって生活する島の者たちは、かれらを受け入れることによって社会参加を果せるような気持でもあった。

早速、区長が古着商宛《あて》に返書をしたため、清作は、翌朝、特別に船を出して伊与田町の郵便局に持って行った。

区長たちは男からの連絡を待っていたが、五日後の便で手紙がとどいた。文面には四人の孤児を連れて行くので伊与田町まで出迎えに来てくれ、と書かれていた。

指定された日時は郵便物を受け取りに行く日の午後で、清作は漁師と二人でかれらを迎えに行くことになった。

その日も秋らしい海のおだやかな日で、清作は、漁師の船におくれまいと櫓を力をこめて漕《こ》いでいった。漁師は手加減して櫓の動きをとめたりしてくれていたが、瀬戸を越える頃にははなされ、伊与田町に近づいた頃にはかなりおくれていた。

突堤の先端をまわると、漁船はすでについていて、漁師が船着場で登山帽をかぶった古着商の男と話をしていた。

突堤に四人の少年が、足を垂らして坐《すわ》っているのがみえた。清作は、かれらの異様な姿に視線を据えた。短いズボンをはきシャツを着ているが、布地の色がわからぬほど汚れきっていて、その上、所々破れている。いずれも素足で、顔や手足が黒く、髪は伸びている。かれらは海面に眼を向け、石を投げている者もいた。

清作は、船からあがると急いで局に行き、郵便物を受け取って船着場にもどった。

古着商の男が、少年たちに声をかけて手招きすると、かれらは立ち上って近づいてきた。清作よりも二、三歳上らしい背の高い少年がいたが、その後から歩いてくる者たちは同年齢かそれ以下の少年たちであった。

清作の船に、古着商の男と最年少と思われる小柄《こがら》な少年が乗り、他の者たちは漁師の船に乗って船着場をはなれた。

清作は櫓を動かしながら、背を向けて坐る少年の体から異臭が濃く流れ出ているのに気づき、顔をしかめた。尿の臭《にお》いに似ているが、さまざまな臭いが入りまじっているような刺戟《しげき》の強い悪臭であった。少年は、船べりから伸した手を海水にふれさせながら、虱《しらみ》でもいるらしく頭や下腹部を荒々しく掻《か》いていた。

男と少年を乗せているので船の動きは重く、清作は船を進ませたが、漁師の船は遠くはなれていった。

島の船着場につくと、すでに区長たちが集っていて少年たちに眼を向けていた。少年たちは、背の高い少年を中心に船着場の端に坐っている。清作の船からあがった少年は、すぐにかれらに近寄り、傍《かたわら》に腰をおろした。

「顔や手足は水で洗わせたが、こびりついた垢《あか》はとれない。風呂《ふろ》でも入れてやってくれよ」

古着商の男が、区長に言った。

船着場にあがった清作は、あらためて少年たちを見つめた。かれらの顔には少年らしい表情はなく、島の者たちを無視したように海や家並に探るような眼を向けている。眼のただれた少年の破れたズボンの間からは、しなびた小さな陰茎がのぞいていた。

区長たちは、少しはなれた所に坐った少年たちに黙ったまま視線を向けていた。区長たちの眼には、想像を越えた孤児たちの姿に驚きの色がうかび出ていた。

区長が、集ってきていた者たちに顔を向けると、四人の漁師の名を口にした。かれらは、抽籤《ちゅうせん》で孤児を雇うことにきまっていた男たちであった。

かれらが進み出ると、区長は、

「ともかく風呂に入れて、それから衣類も着がえさせろ。いいな」

と、言った。

清作は、区長の眼がかすかにうるんでいるのを見た。

漁師たちはうなずくと、こわばった顔に笑みをうかべながら少年たちに近づいていった。そして、声をかけ、肩に手をあてて家にくるようにうながした。が、かれらは、無言で寄りかたまったまま動かない。かれらの顔には、あきらかに反撥《はんぱつ》するような表情がうかんでいた。

漁師たちは、戸惑ったような眼をこちらに向けてきた。清作にも、少年たちがなぜ動こうとしないのか理解できなかった。

区長たちは、いぶかしそうにかれらをながめていたが、そのうちに年長らしい少年が立ち上り、近づいていった古着商の男になにか言った。男は困惑したような表情をしていたが、うなずくと区長の傍《そば》にもどってきた。

「同じ所に住みたいと言っとる。あの子たちは、今まで一緒にすごしてきたので、はなれたくないんだよ。泊る所が同じなら、昼間は別々の所で働いてもいいそうだ。どうかね、便宜をはかってやってくれないか」

男は、登山帽をあみだにかぶり直しながら言った。

区長は、ようやく事情をのみこめたらしくうなずき、少し思案するような眼をしていたが、かれの家の漁具置場の小屋を宿所にしよう、と答えた。

男が年長の少年の傍にもどってその旨《むね》をつたえると、少年が坐っていた者たちに声をかけ、かれらは腰をあげた。

少年たちは、島の者たちにかこまれて坂道を区長の家にむかい、清作もついていった。

区長の家につくと、男たちが漁具置場の漁具を出して母屋《おもや》に運び、床に蓆《むしろ》を敷き、集会の折に使う長い食卓を据えた。その間に、土間の隅《すみ》におかれている風呂桶に水が入れられ、薪《まき》が焚《た》かれた。少年たちは、それらの動きを無表情にながめ、最年少らしい少年だけが、かれらからはなれて鶏小屋《とりごや》の金網の前にしゃがみ雛《ひな》をのぞきこんでいた。

風呂の湯が沸き、少年たちは土間に連れられていった。

一人の少年が汚れた衣服をぬぎ、風呂桶に体を沈めた。が、かれはすぐに立ち上ると、突然両手を激しく動かして湯をはねさせはじめた。それを見た他の少年たちが風呂桶に走り寄り、少年の頭を押して湯に沈めた。そして、争うように衣服を脱ぎ、湯を体にふりかけた。

土間にいた男や女は、驚いたようにながめていたが、それが喜びの表現であることに気づくと笑い声をあげた。かれらはその姿に、ようやく少年らしさを見出したのだ。

区長の妻が、戦時中に警備隊員から譲ってもらった石鹸《せっけん》を持ち出してくると、少年たちは体中を泡立《あわだ》て、入念に体をこすった。石鹸を十分に流さず風呂に入るので、湯には灰汁《あく》のようなものが厚く浮いていた。

湯から上ると、女たちが、帰郷した樋子たちの残していった衣服を少年たちに渡した。また、バリカンを持ってきた漁師が、少年たちを木箱の上に坐らせて頭髪を刈り、毛が刃にからまる度に、少年たちは悲鳴をあげた。女たちは家々から食物を運びこんできて、夕食の準備をはじめた。

和やかな空気がひろがり、区長たちの顔には安堵の色がうかんでいた。

小屋の食卓に、食物を盛った皿《さら》や小鉢《こばち》が並べられた。招き入れられた少年たちは、特別に炊《た》かれた麦まじりの米飯をほおばり、魚や野菜に箸《はし》を伸ばす。食欲は驚くほど旺盛《おうせい》で、何度も飯をお代りした。その姿を、区長たちは小屋の隅に立って満足そうにながめていた。

翌日の午後、古着商の男が、孤児を連れてきた報酬としてかなりの量の干物類をリュックサックに詰めて島を去っていった。その日は少年たちに休息をとらせ、かれらは海岸に出て貝を拾ったり小屋で寝ころんだりして過していた。

次の日の午後、船着場の近くの水面で少年たちの櫓漕ぎの練習がおこなわれた。漁師たちは、それぞれ自分の雇う少年たちを船に乗せ艫《とも》に立たせた。足の位置を定め、腰の据え方を指示し、櫓をつかませた。

清作は、集った人たちとかれらの練習を見物した。頭髪を刈られ衣服を着かえたかれらには、島にやってきた折の姿はなかった。漁師たちは、手を添えて櫓を動かし、それにつれて船は揺れた。足の位置がずれると直し、腰に手を当てたり背筋を伸ばさせたりした。

船着場の石に腰をおろしてかれらをながめていた清作は、最も小柄な少年に眼をとめた。少年の動作は、他の者たちと異っていた。漁師が足を据えさせてもすぐにずらし、櫓をつかませても動かそうとする意志がみられない。眼が絶えず他の少年たちの方に向けられ、櫓から手をはなす。苛《いら》立《だ》った漁師が顔をのぞきこんで声をかけても返事をしない。清作は、少年の頭脳に欠陥があるのかも知れぬ、と思った。

他の少年たちは、櫓を漕ぐ練習をしていたが、三十分ほどたった頃、思いがけぬ動きがかれらの間に起った。背の高い少年が急に口もとを激しくゆがめると、櫓を荒々しく押しやり、漁師の傍をすりぬけるようにして舳《へさき》の方に行き、船底に仰向《あおむ》けに寝ころんだ。それに気づいた他の少年たちも櫓をはなし、少年の動作にならった。

清作は、呆気《あっけ》にとられて思わず立ち上っていた。背筋に冷たいものが走った。少年たちは、練習に飽いて艫からはなれたのだが、そのような動作で拒否の姿勢を露骨にしめしたかれらが恐しく思えた。船底に寝ころがっている少年たちには、大人である漁師たちを恐れる気配はみじんもみられない。少年たちが、最年長らしい少年の動作にそのまま同調したことも、無気味に感じられた。

清作は、呆然《ぼうぜん》としていた漁師たちの顔に憤《いきどお》りの色がうかぶのを見た。楫子事件が起る前に楫子がそのような態度をとったとしたら、当然、漁師たちは激しい平手打ちをくらわせ、海に突き落すようなこともしただろう。かれは、漁師たちの少年たちに対する動きを見守った。

漁師の一人が荒い声をあげ、最年長らしい少年に近づくと腰のあたりを蹴《け》った。が、少年は、感情の乏しい眼を漁師に向けただけで立ち上る様子もみせない。他の漁師が自分の船の少年の手をつかんだが、少年は振払った。

漁師たちは、怒りで顔を青ざめさせながら少年たちを見下していたが、一人の漁師が船を岸に近づけると他の者もそれにならった。

漁師たちは、区長の傍に立つと、少年たちを黙ってながめた。最年長の少年は眼をしばたたいていたが、欠伸《あくび》をすると眼を閉じた。

「あんな子供たちじゃ、楫子には使えんよ」

漁師の一人が、つぶやくように言った。

区長は、かたい表情をして黙っている。

「あの子供たちは、子供じゃないよ。体は小さくとも始末に負えん大人のようじゃ」

他の漁師も、口を添えた。

区長は、当惑したように立っていた。

その日、四人の漁師たちは少年たちを引取ることを辞退し、区長もそれを承諾した。少年たちは船の中でひと眠りすると小屋にもどり、夕方には磯《いそ》に出て海をながめていた。

本浦の者たちは、かれらの処置に戸惑い、自然にかれらを放置するようになった。漁師たちは、少年たちに絶望していたが、区長は望みを捨てかねているようだった。

少年たちは、肉親を失い、飢餓状態にある被災地で飢えからのがれるためにかれらなりの智恵をはたらかせて生きつづけてきた。当然、異常な環境の中で、かれらの性情は歪《ゆが》み、人間としての感情も失われた。垢のこびりついた体に襤褸《ぼろ》のような衣服をまとっていた姿は、かれらの過してきた日々をそのまましめしている。かれらが入浴時にみせた明るい表情は、かれらに少年らしい感情が残されている証拠で、島の環境になれ豊かな食物を口にする日がつづけば、いつかは自分たちになじむようになるにちがいない、というのだ。

「あの子供たちは、おれたちの想像もつかんような生き方をしてきよったんじゃ。長い眼でみて、温く遇してやらないけん」

区長は、漁師たちをさとした。

かれは、妻に命じて小屋に食事を運ばせ、風呂を沸かして入れさせたりしていた。

しかし、少年たちの行動は、かれの期待を裏切った。

漁師たちが、自分たちに労働をさせることを諦《あきら》めたことを知ったかれらは、自由な動きをみせるようになった。小屋をひそかに脱け出ると、無人の家に入りこんでは食物をあさり、目星いものをかすめ取る。それを見つけた者が叱りつけてもひるむ様子はなく、逆に険しい眼を向け、唾《つば》を吐きかけてきたりする。かれらは、最年長の少年を中心に寄りかたまって行動した。

そのうちに、かれらの習慣なのか、下着の内側に数個の石をひそませ、叱責《しっせき》しようと近づく者に石をつかんで身構えるようになり、足もとに投げつけてくることもあった。

区長は、そのような訴えに表情を曇らせ、少年たちをたしなめていたが、かれらは、どこから盗んできたのか、煙草《たばこ》のすい廻しをしたりして素知らぬ顔をしていた。かれも、ようやく荷厄介《にやっかい》なものをかかえこんだことを感じた。

さらに、かれは、少年たちが漁具置場の近くの鶏舎の雛を一羽も残さず盗んだことを知って、かれらに対する望みを捨てた。雛は毛をむしられ、丸焼きにされた。

かれは、漁師たちを集めて話し合った。少年たちは、島の平穏な空気を乱し、住民に危害すら加えかねない。もしも、懲罰を加えれば、かれらが戦災孤児であるだけに、榾子の場合よりも連合国軍や警察を一層刺戟し、思わぬ罪を押しつけてくるだろう。島を正常な状態にもどすには、かれらに穏便に島から去ってもらう以外になかった。その場合にも、少年たちが、逃げた榾子のように島の者から虐待《ぎゃくたい》されたと言い触らさぬよう配慮する必要があった。

区長は、米、麦や魚の干物をかれらにあたえて島から去るよう申出た。

十一月中旬、清作は、二艘の船に少年たちが分乗するのを家の裏口から見下していた。岸には、区長が一人立っていた。少年たちは、ふくれ上った大きな布袋を船底に置き、家並を見上げていた。

船が船着場をはなれ、突堤の外に出てつらなって進んでゆく。空は青く、遠く軍用機らしい飛行機が錫片《すず》のように光りながら動いているのがみえた。海は、陽光に輝いている。

清作は、島の者たちが自分と同じようにひそかに家並の間から船をうかがっているのを感じていた。少年たちが去るのは、一つの災いが消えることを意味する。

船は波に上下しながらゆっくりと島かげに消えていった。

（「新潮」昭和五十六年九月号）

他人の城

一

入り組んだ露地の奥の軒先で、白い日傘《ひがさ》がひらいた。焚《た》かれたマグネシウムの閃光《せんこう》に似た真夏の太陽の光が家並をやき、乾いた路面からは陽炎《かげろう》が立ちのぼっている。

日傘は、陽光の中に漂い出ると、露地を縫いながら揺れてゆく。

傘は、別の露地にも湧《わ》いていた。それらは、軒先をはなれると、一定方向に流れてゆき、路《みち》の角で出会った他《ほか》の日傘と挨拶《あいさつ》をかわす。女たちのかざす日傘の淡い影の下には、真新しい学童服、制帽を身につけた少年やモンペ姿の少女が、リュックサックを肩に親や姉たちの短い会話の終るのを待っている。

日傘は、ならんで歩き出す。路上を進むにつれて傘の数は増し、やがて潮の流れにただよう海月《くらげ》の群のように寄りかたまって移動してゆく。路の両側の家並からは、日傘の群を見送る人の姿もあった。時折り日傘は、芥《あくた》が川のへりに寄せられるように、傘の群からはなれて家の軒先に近づき、顔見知りの人の別れの言葉を受けると、再び路上を進んでゆく。

日傘は、合流をつづけて徐々に太い流れになり、前方に海の輝きのみえる個所までくると、動きをとめた。幼い者たちの出発はかれらだけでおこなわれることになっていて、家族の港での見送りは禁じられていた。

家族たちは、それぞれの子供たちの前にしゃがみこんで、その薄い肩を抱いた。重いリュックサックをかついだ子供たちの顔は暑さに紅潮していて、家族たちは顔にふき出た汗をぬぐってやったりしていた。

やがて、学童たちが日傘からはなれはじめた。日傘の群の中から子供の名を呼ぶ声が起り、子供たちは、日傘を何度もふり向きながら海の方向に歩いて行った。

かれらは、海岸沿いの道に出ると口をつぐんで歩きつづけ、集合場所に指定された桟橋《さんばし》近くの赤茶けた広場の中にふみこんでいった。広場は、足のふみ場もないほどのおびただしい人の体でおおわれていた。学童以外に、手荷物をかかえた大人たちが坐《すわ》ったり立ったりしている。かれらは、学童を引率する教師たちと疎開《そかい》勧誘に応じた一般の老人や女たちであった。

日傘や洋傘が点々とひらき、扇子がせわしなく動いている。暑熱と人いきれで、広場には噎《む》せかえるような空気がよどんでいた。

定刻がやってくると、県庁の吏員や教師たちが、人々の間にわけ入って名簿を手に人員の照合をはじめた。学童は学校ごとに、一般疎開者は町別に区分され点呼がおこなわれた。集合した人の数は四千名を越えていたので、作業は遅々としてすすまなかった。吏員や教師の顔には汗が流れ、声はかれた。人々は、吏員たちの指示にしたがって荷物を手に移動し、広場の混雑は一層増した。

一時間ほどたつと、ようやく広場にはいくつかの集団が形をとりはじめ、人々の間から扇子が再びひらめくようになった。腰を落ちつけた大人たちの顔には、物憂《ものう》げな表情がうかんでいた。かれらの旅立ちは、危険のせまった島からの脱出という目的をもっていたが、喜びも安堵《あんど》の色もその表情にはみられなかった。

島へ敵が来襲するだろうという予感は、かれらにもあった。しかし、それはあくまでも推測の域を出ないもので、切実な危機感とは程遠いものであった。たしかにアメリカの偵察《ていさつ》機がしばしば飛来するようになっていたし、太平洋上のサイパン島も失陥して、住民たちが守備隊の将兵たちとともに玉砕したという事実も知っていた。そして、飛石をつたうように日本本土への接近をはかるアメリカ軍が、次の戦略拠点として自分たちの住むこの島に来襲するだろうことも予測していた。しかし、敵という概念は、かれらにとってつかみどころのない実体感の乏しい幻影のようなものにすぎなかった。髪、皮膚、眼球の色彩がちがう異国の将兵たちが、太陽と海につつまれた自分たちの郷土に群をなして押しかけてくることが実感とはならなかった。

かれらは、島の空気が異常なほど緊迫の度を加えていることも感じていた。その年の春頃《ごろ》から、いずこからともなくやってきた将兵たちが島にあふれるようになり、一般住民や学生たちも動員されて、至る所に壕《ごう》が掘られ陣地が構築されている。大砲や戦車が家並をふるわせて頻繁《ひんぱん》に往《ゆ》き来《き》し、七月初旬には軍命令で在郷軍人による防衛隊も組織された。そうしたあわただしい気配は、巨大な歯車が海のかなたから回転しながら近づいてくるように、敵の大軍がやってくることを暗示しているようにも思えた。

しかし、住民たちの危機感は、依然として薄かった。島は、台湾と本土の中間にあって、島そのものが絶えず戦場に準じた空気につつまれ、それは変哲もない日常的なものになっていた。そのような島の生活になじんだ住民たちは、加速度的にたかまる緊張した気配も、戦況の悪化にともなう自然の成行きであり、今まではその度合が幾分はげしくなったにすぎないと考えていた。

そうした中で、突然のように発令された老、幼、婦女子の本土又は台湾への疎開命令は、かれらにかなりの動揺をあたえた。それは軍の要請にもとづいて緊急閣議で決定されたもので、公《おおや》けには沖縄《おきなわ》県民の生命の保護を目的とするものだと発表されていたが、実際はアメリカ軍が上陸した折に戦闘の足手まといになる非戦闘員を、出来るかぎり少くしておこうという配慮から発した措置であった。

県庁では、本土政府の指示にしたがって庁内に特別援護室を新設して疎開促進業務を担当させ、吏員たちは熱心に疎開の勧誘に走りまわった。

しかし、人々は、その誘いにのろうとはしなかった。疎開しなければならぬさし迫った必要性を理解することはできなかったし、第一、疎開にともなう気の遠くなるような生活上の犠牲を受け入れる気にはなれなかった。

かれらには、家があり、家財があり、土地があり、墓所がある。疎開に応じることは、それらをすべて放棄することを意味する。耕地には農作物が順調に成育していて、農夫は、それらの取り入れをすませてから、と考えた。みごもった女のいる家庭では、胎児が月満ちてうまれ疎開の長旅に堪えられるまでに成長したら、と疎開することをしぶった。

殊《こと》に老人たちの根強い土地への執着は、勧誘にまわる吏員たちを困惑させた。ほとんど島外に出たこともなく日々をすごしてきたかれらは、移動性に欠けた動物のようにその土地以外の生活を考えることはできなかった。老人たちは、余命の短いことを口にし、生きている時間はそれほど長くはないのだから、たとえ死の危険にさらされても墳墓の地をはなれたくない、むしろこの土地の上で息絶えたいと主張した。

かれらは、さまざまな理由を口にしたが、それはかれらが、一応平穏をたもっている生活の中からぬけ出さねばならぬほどの死のおびえを感じていなかったからであった。

それに、疎開先で味わわねばならぬだろう生活上の不安も、かれらを逡巡《しゅんじゅん》させる大きな原因だった。働き手である健康な男たちは、島にとどまって守備軍に協力することが約束されていて、疎開するのは例外なく生活力に欠けた者ばかりであった。かれらが本土または台湾に疎開しても、生活を維持できる保証はなにもない。おそらくそこに待っているのは、食物にも事欠くような貧困だと推測された。

さらにかれらの不安を一層つのらせたのは、本土または台湾への海が危険にみちたものであるということだった。南方海域では、敵機の銃爆撃や潜水艦の雷撃による日本艦船の沈没事故がしばしばつたえられ、殊に兵員輸送船富山丸の遭難は、人々に大きな衝撃をあたえていた。六月二十五日、富山丸は鹿児島《かごしま》を出港して南下、沖縄本島へむかったが、六月二十九日午前七時二十分頃、徳之島東方海上でアメリカ潜水艦の雷撃を受けて沈没、乗船していた将兵約四、六〇〇名中約三、七〇〇名が死者となった。この遭難は、県民の疎開業務に重大な影響を及ぼすおそれがあったので極秘とされていたが、やがて沖縄本島に移送されてきた富山丸生存者たちの口からその事実が一般にもひそかに伝えられた。

富山丸の遭難は、一般の人々に疎開勧誘を拒否する有力な理由をあたえた。充分な体力をもつ将兵たちですら八〇パーセント強が死亡したことから察すると、疎開する老幼婦女子が難に遭えば、犠牲はさらに上廻《うわまわ》るはずだった。そうしたことに恐怖を感じた人々は、疎開のすすめに応じなくなり、吏員たちの説得に屈して渋々内諾をあたえた者たちも一様に辞退を申し入れた。

疎開業務は完全に停頓《ていとん》したが、富山丸事件は、戦況が極度に悪化していることをしめすものでもあった。沖縄増援のために派せられた将兵の乗る輸送船が沈没させられたことは、敵の本格的な攻撃が島に向けられはじめていることをほのめかすものであり、やがては島をめぐる海域に出没する潜水艦にとって代って、戦艦や空母の群が出現する可能性がないとはいえなかった。そして、それを裏づけるように、本土政府と軍からの非戦闘員の疎開促進要請は一層激しいものになった。

困惑した県庁は、一般人の危機感をたかめると同時に率先して範を垂れる意味から、まず県庁職員の家族の本土疎開に手をつけた。さらに、それらの家族に本土から沖縄に移住してきていた商家の家族を加えて、ようやく疎開第一船を仕立てて送り出すことができた。その輸送船は、奄美《あまみ》諸島から吐噶喇《とから》諸島沿いに北上して本土へむかい、二日後に無事鹿児島港にたどりついた。

この疎開船の出港は、一般の人々に情勢が緊迫化していることを感じさせる上でかなりの効果があった。またその船が本土に到着できたことは、海上交通に対する不安を幾分やわらげることに役立ち、吏員の熱心な勧誘もあって漸《ようや》く二〇六名の一般老幼婦女子が疎開に応じた。

県では、この機会に疎開気運をたかめようとはかり、特に海軍に要望して軍艦を疎開者輸送のためさし向けて欲しい、と懇請した。海軍はそれを受けいれ、巡洋艦「長《なが》良《ら》」を派遣した。同艦は八月五日疎開者を乗せて那覇《なは》を出港、高速を利して鹿児島港に入港した。この本土到着は、「小包トドイタ」という隠語電文によって県庁に連絡された。

これら二度にわたる本土行によって、一般人の海に対する不安はうすらいだが、その陰には、県庁の疎開業務担当者も知らぬ事故がかくされていた。疎開者を鹿児島に上陸させた「長良」は、その後佐世保に回航したが、途中天草《あまくさ》島牛深の西方十浬《カイリ》の洋上でアメリカ潜水艦「クローカー」の雷撃をうけて沈没したのである。つまり本土へ達する海は、すでにアメリカ潜水艦の棲《す》みつく海になっていたのだ。

そうした事実を知らぬ県庁では、二度にわたる疎開艦船の本土到着に力を得て疎開促進に専念し、それが効を奏して徐々に勧誘に応ずる者が多くなった。

その頃、文部省からの指示で学童集団疎開の業務も着実にすすめられていた。疎開対象は、国民学校初等科第三学年から第六学年までと初等科第一、二学年の付添いを要しない学童を原則とし、児童四十名につき教員一名を付き添わせることにした。

この人選については、県庁の担当係官の中で内密な選択基準がもうけられていた。軍の判断によれば、敵軍が大挙して来攻してくることはほとんど確定的であり、守備隊は必勝を期してはいるが、激しい戦闘によって住民が数多く死亡し、幼い者たちも同じ運命にまきこまれることはまちがいなかった。そうした不幸な事態を予測して、係官たちは島のすぐれた血を少しでも多く残したいという願いをいだいた。

すぐれた血という言葉が、係官の間でしきりにやりとりされたが、それは本質的に正確さを欠いた表現であった。果しなくうけつがれてきた血は、その過程で愚鈍な血、無気力な血、粗暴な血なども加わって、あたかもカクテルのように雑多な要素が流れこんでいる。係官の判定方法は、学業成績、素行、家庭状況の優劣によったが、それだけですぐれた血か否《いな》かを判断することは無理であった。

しかし、県庁側は、たとえ幾分の矛盾はあってもそれらの要素を手がかりに選択する以外に方法はないと考え、それが各国民学校長にひそかに伝達された。また同様の意味合いから集団疎開学童を引率する教師も、教師としてすぐれた者を選ぶように内示された。

学校側は、県庁側の指示にもとづいて学童の選択と勧誘につとめ、やがて学校別にいくつかの幼い集団が生れた。

広場には、まばゆい夏の陽光がみちていた。学童と一般疎開者の群は、ひしめき合いながらわずかな空間をもとめて腰を下していた。陽光は一層強く広場に照りつけ、かれらの体からは汗が絶え間なく流れ出ていた。

かれらの眼《め》は、時折り港外に向けられた。そこには大型輸送船が三隻《せき》、煙突から淡い煙をただよわせながら碇泊《ていはく》していた。それを見る一般疎開者の眼には、例外なく不安そうな光が濃くうかび出ていた。

疎開船に指定された輸送船は速度のはやい優秀船で、駆逐艦三隻が護衛艦として同行することになっていた。航行条件としては恵まれているが、船は海上にうかぶ一種の容器であり、その一部が破れればたちまち海水が浸入し沈没する。それは、将兵多数を死亡させた「富山丸」の例でもわかるように、ひどく心許《こころもと》ないもののように感じられた。

かれらは、沈鬱《ちんうつ》な表情をして港外の輸送船を見つめていたが、それとは対照的に学童たちの顔には明るい表情がただよっていた。家族との別離で沈みがちだったかれらも、広場に集った学友たちと顔を合わせてからにわかに気分も浮き立ってきていた。戦局の悪化にともなって、かれらには学友たちとの遠足の機会も失われていた。集団旅行などに無縁なかれらは、集合場所にたどりついたと同時に、学友たちと泊りがけの船旅に出ることに気づいたのだ。

かれらは、眼を輝かせて港外にうかぶ輸送船を見つめた。生れてから乗ったこともない大型船で海を渡り、教科書や雑誌でしか知らない本土の土をふむことが、かれらの胸をはずませていた。

わずらわしい人員の照合が漸く終ったが、かれらは長い間待たされた。空にはいつの間にか午後の厚い雲がひろがり、広場に蒸し暑い空気がよどんだ。

海は、凪《な》いでいた。沖合二キロほどの海上にうかぶ輸送船も暑熱に身をすくめるように停止し、あたりにはうつろな静寂がひろがっていた。

日が、わずかに傾きはじめた。

その頃、吃水《きっすい》の浅い大発（平底式発動機付の鉄艇）が、十数隻どこからともなく湧き出てきて桟橋に近づいてきた。

広場が、急ににぎやかになった。吏員や教師が声をからし乗船準備をつたえ、人々を五十名ほどの集団に分けて桟橋へ誘導しはじめた。桟橋についた人々は、再び点呼をうけて桟橋に接舷《せつげん》している大発にのりこんだ。

やがて大発は、人と荷物をみたして次々に桟橋をはなれ、沖に碇泊している船に舳《へさき》を向けた。

船底に腰を下した老人や女たちは、無言で遠ざかる海岸を見つめていた。かれらの眼には、生れ育った土地と家族との別離を悲しむ色が濃くにじみ出ていた。低学年の学童も心細そうな表情で同船した人や海面をながめ、女子の学童は肩を寄せ合って涙ぐんでいた。

それらとは対照的に高学年の男子学童たちは、沖に浮ぶ大型輸送船に明るい眼を向けていた。かれらは、それまで丘陵の頂きや海岸から海の上を白波を立てて航行する大型船を何度も眼にしていた。それは、未知の世界に達することのできる瀟洒《しょうしゃ》な乗物のように思えていた。

しかし、大発が輸送船に接近するにつれて、船は、かれらの想像とは全く容相の異ったものとして迫ってきた。船体は、屹立《きつりつ》した断崖《だんがい》のようにそそり立ち、船腹の塗料ははげ落ち薄よごれている。汚水なのか、船体の尾部からは水が飛沫《ひまつ》を吹きちらして流れ落ちていた。

かれらは、表情をかたくして前面にのしかかるように近づいてくる鉄の構造物を見上げていたが、そのうちにかれらの眼に再びやわらいだ光が浮び出るようになった。遠くからながめていた船は、一種の幻影にすぎない。実体というものは別種のものだということを知るようになっていたかれらは、無骨な逞《たくま》しさと想像以上の大きさをもつ船体に新たな興奮を感じはじめていた。

しかし、大発が船に接舷した時、かれらの顔はこわばった。高々とそびえる船体のはるか上方からは、数条の吊り梯子《ばしご》が蔓《つる》のように垂れているだけだった。かれらは、輸送船に乗り移るためには、その梯子をよじのぼらねばならぬことを知った。

梯子は、ゆれていた。リュックサックをかつぎ、手荷物を携えてのぼることは危険だったが、学童も老人も幼児を背負った女も、吏員の声にうながされて梯子にとりついた。

船側を人々の群が、上方へのぼりはじめた。それは無言の動きで、時折かれらの手からはなれた荷物が海面に水しぶきをあげて落ちた。

漸く甲板に這《は》い上った者たちの顔には、血の色が失われていた。老人は甲板の上に膝《ひざ》をつき、女は白けた眼をして肩を喘《あえ》がせていた。学童たちも例外ではなかったが、恢復《かいふく》は早かった。かれらは、吊り梯子をのぼり大型船の上に立っていることにひどく満足しているようにみえた。かれらは、教師や付添人とともに、一般疎開者と区分されて収容されることになった。

学童たちは、列を組んで甲板にうがたれた入口から梯子段を下りて船内に入った。貨物船なので船艙《せんそう》に蚕棚《かいこだな》状の仕切りが設けられ、養鶏場の鶏の群のようにその狭い空間に一人ずつもぐりこんだ。そして、荷物を置くと、争うように梯子段をのぼって再び甲板上に出た。故郷の島を眼にするというよりは、船そのものの外観をたしかめたかった。

かれらは、甲板上を歩きまわり、高いブリッジを見上げ、淡い煙を吐く太い煙突に眼を向けた。舷側にもたれると海面をのぞきこみ、遠くはなれた那覇の港をながめた。甲板は海面から高く、その上に立っていることにかれらは快感をおぼえた。

低学年の学童たちも舷側に近づいたが、舷側が高く海面も海岸もながめることはできなかった。かれらは、しきりに背伸びをしていたが、それに気づいた高学年の学童たちが、甲板上におかれた船具を運んできてその上にのせてやったりした。

かれらの間には、旅の同行者としての親密感が生れていた。島をはなれて本土へ行くという同じ境遇のもとで、さらに船という一つの小世界に身を託していることが、自然とかれらを強く結びつけていた。

雲がかげって、西日が三隻の船を包みはじめた。学童たちにまじって、一般疎開者たちは身じろぎもせず舷側に立って海岸方向に眼を向けていた。

不意に船の内部から重々しい音が起り、規則的な震動が伝ってきた。と同時に、船尾のスクリューが海水を白く泡立《あわだ》たせ、三隻の船はゆるやかに前後して動きはじめた。

島は、まだ暮色にとざされてはいなかった。海岸線は濃くかげりはじめていたが、背後につらなる丘陵の頂きは、まばゆい冠をいただいてでもいるように西日に輝いていた。

船が進むにつれて、陸地ははるか右舷方向を流れるように後退してゆく。いつの間に姿を現わしたのか、駆逐艦が前方と左右両方向を走っている。艦艇の喪失もはげしいことから考えると、異例ともいえる護衛であった。

船団は、沖縄本島沿いに北上した。

やがて右前方に海上へせり出した残波岬《ざんぱみさき》がみえてきた。日が、岬の山なみに没した。夜の色が、急速に船団の上に落ちた。船団の那覇出港日時は、昭和十九年八月二十一日午後七時であった。

三隻の輸送船は、正三角形の各頂点に位置するような隊形を組み、さらにそれを包む駆逐艦は、大三角形の各頂点にあった。

輸送船対馬《つしま》丸は、三角形の底辺の左端に配され、右方向と前方に僚船の影を認めていた。乗組員は船長以下一二四名で、約七〇〇名の学童をふくむ一、六八〇名の疎開者を乗せていた。出港して間もなく、一等運転士の小関保《おぜきたもつ》は、学童引率の教師と一般疎開者の主だった者を集めて救命衣のつけ方を説明し、全員に救命衣を配布した。

船団は十一ノットの速力で、九州南端まで弧をえがいて伸びる無数の島々に沿って北上を開始した。

二

比嘉《ひが》儀一は、甲板に仰向《あおむ》きに寝ころんでいた。

絶え間ない小刻みな震動が背部につたわり、波のうねりがたかまってきていて体が左右にゆらぐ。かれは、船艙の中のよどんだ暑熱にたえきれず、ひそかにぬけ出してきていた。

甲板には、多くの人の影がみえた。かれらは、儀一と同じように涼をもとめて船内から出てきていたのだが、別の理由で甲板にいる者もいた。潜水艦の雷撃に不安を感じている者たちであった。被雷した折、船艙内にいれば逃げおくれるおそれがあるが、甲板に出ていれば、いち早くボートに乗り移ることもできるし、海中に飛びこむこともできる。梯子一つしかない船艙にとじこめられているよりは、夜空を仰ぐ甲板上にいた方が、はるかに危険は少いと判断していた。かれらは、不安気な眼をして舷側にもたれて海面をながめたり、甲板の上に身を横たえたりしていた。

夜空には、星が雲の間からすけてみえていた。船がゆれる度に、星座も星雲も大きく傾く。星を見上げていると、体が、ゆらぎながら夜空に果しなく吸い上げられてゆくような錯覚におそわれた。

海上を渡ってくる風は肌《はだ》に快く、いつの間にか体に夜露がおりはじめているのが感じられた。

人影が頭の傍《そば》に立って、かれの名を呼んだ。

半身を起すと、影が、

「中へ入りなさい」

と、押し殺したような低い声で言った。

かれは、闇《やみ》の中で光る母の眼に射すくめられて立ち上ると、甲板の船艙に通じる下り口の方に歩いた。母は、教師だった。日没後、母たち教師は、学童たちが海中にあやまって落ちることを恐れて甲板上に出ることをかたく禁じた。儀一は学童ではなかったが、かれが甲板で寝ころがっていることは、母の立場を失わせる行為にちがいなかった。

甲板の下り口からは、暑い空気が水蒸気のようにふき上っていた。梯子を下るにつれて暑熱は増し、潮風に吹かれて冷えていたかれの肌には熱風のように感じられた。薄暗い電灯に、学童たちの姿が浮び上っていた。かれらは狭い板仕切りの中で身を横たえ、起きているのは教師たちだけであった。

儀一は、母の叱責《しっせき》を避けるように板仕切りの一つにもぐりこんだ。傍には、下着一枚の弟と妹が顔に汗を光らせて眠っていた。

かれは、自分の家族の特異な立場を思った。弟は国民学校の初等科六年生、妹は三年生で、その学校に勤めている母とは、教師と生徒であると同時に母と子の関係にある。つまり母と弟妹は、教師に引率された学童疎開者と親子づれの一般疎開者を兼ねている。さらに儀一が加わったことによって、後者の性格は一層濃厚になっている。疎開学童は、国民学校初等科三年生から六年生までの児童を原則としているのに、儀一は中等学校三年生で、その範囲からも逸脱している。つまりかれは、母と弟妹たちと行を共にする一般疎開家族の一員であった。

かれは、母たちと家を出る時から萎縮《いしゅく》した気分になっていた。別れの挨拶《あいさつ》をする近所の人や、道の両側から見送る人々の視線が強く意識された。中等学校三年生の大柄《おおがら》な体をした自分が、幼い学童や老人や女たち一般疎開者と島をはなれてゆくことに羞《しゅう》恥《ち》を感じていた。

集合場所に到着したかれは、或《あ》る期待をいだいて疎開者の群を見渡した。が、かれの望む顔を見出《みいだ》すことはできなかった。一般疎開者にまじって同年齢程度の女子はかなりまじっていたが、大柄な少年の姿はなかった。

逃避的行為ではないのだろうかという後めたい感情が、かれの胸をしめつけた。

学校では一年近くも前から授業はおこなわれなくなっていて、軍事教練と陣地構築や飛行場整備の労働がつづけられていた。正式な指令はなかったが、敵が来襲した折には、県下の全中等学校生徒が兵役に編入され、日本軍守備隊とともに戦場に配置されるという話がつたえられていた。そうした情勢の中で、母や弟妹たちと本土へ疎開することは苦痛だった。父は亡《な》く、未亡人である母を中心とした四人家族の中で自分一人だけが島に残ることは困難だったが、島が戦場と化すことが予想されるだけに学友と別行動をとる気にはなれなかった。

かれは、担任の教師の家を訪れて自分の苦衷を訴えた。が、太い眉毛《まゆげ》に白毛《しらが》のまじ

った教師は、

「家庭の事情もある。疎開しなさい」

と、おだやかな表情で言い、

「君以外にも本土に縁故のある生徒が、かなり疎開するときいている」

ともつけ加えた。

教師の言葉で、儀一の気分は幾分軽くなった。決して自分は逃れるのではなく、疎開学童を引率する義務をもつ母のやむを得ぬ事情で同行しなければならぬのだ、と自分に言いきかせた。

しかし、担任の教師の言葉とは異って同期の生徒の姿を眼にすることのできなかった儀一は、母のすすめにしたがって本土疎開に参加したことをあらためて後悔した。教師の言ったように、この後続々と出発する疎開船に学友の何人かは乗船するのだろうが、最初であるということがかれにとっては苦痛だった。

船艙内は、甲板の上よりも機関の震動が大きく感じられ、船体にあたる波の音も重々しくひびいてくる。

儀一は、かすかな物音を耳にして眼をあげた。天井にとりつけられた電球に、どこからまぎれこんだのか一匹の大柄な蛾《が》が、体をせわしなくぶつけている。淡い電光に蛾の鱗粉《りんぷん》が浮游《ふゆう》し、電球のガラス面も薄白くもっている。蛾は、羽をあおりながら電球の裏側にまわり再び姿をあらわす。その動きにつれて拡大された蛾の影が、板仕切りの中で眠る学童たちの顔を淡くかげらせてはかすめ過ぎていた。

蛾は、島で生れたものにちがいなかった。海の上を風に送られ、沖合に碇泊《ていはく》していた船の中に入りこんだらしい。蛾は再び島へもどることはなく、船とともに本土へ運ばれる。それとも船が鹿児島へ達する前に力つきて船艙の床に落ち、動かなくなっているかも知れなかった。

蛾が、そうした運命にあることにも気づかずに飛びつづけていることに、儀一は空恐しさを感じ、それが自分をふくむ乗船者の立場を暗示しているようにも思えた。航海の前途にどのようなことが待ちかまえているか、だれも予測はできない。本土へたどりつくことができるかどうか、たとえ到達できても将来島へもどることができるかどうかも、だれ一人として知る者はいない。

敵潜水艦から放たれた魚雷が、黒々とした海面に白い航跡をひきながら船にむかって突き進んでくる幻影が浮び上った。かれは、蛾から眼をそらすと甲板に通じる梯子を見つめ、自分の寝ている場所から梯子までの距離を眼ではかった。梯子は比較的近い場所にある。被雷した折にその梯子までどのようにして走るべきかを真剣に考えた。

弟が寝返りをうって、腕が儀一の胸にのせられた。かれは、汗ばんだその掌《てのひら》を軽くにぎった。

蛾が、疲れも知らぬように飛びつづけている。かれは、上眼《うわめ》づかいに蛾の動きを見つめていた。

翌朝、儀一は、子供たちの甲高い声に眼をさました。学童たちの大半が起きていて、船艙内を走りまわっている。

儀一は、天井を見上げた。電球が気ぬけしたような光を放っていたが、蛾は死んでしまったのか姿はみえなかった。

朝食後、儀一は甲板に出た。

雲はあったが、海は輝いていた。前日と同じように右方向と前方に輸送船、左舷《さげん》方向に黒煙をあげて走る駆逐艦がみえた。舷側は、海をながめる人々でふちどられていた。かれらの姿は悠長《ゆうちょう》な船旅をたのしむ乗客のようにみえたが、その眼は潜水艦を監視するような鋭い光にみち、海面に向けられていた。

正午すぎ、全員が甲板上に集合させられ、一等運転士から緊急時の避難方法の訓示をうけた。救命衣着用の注意が再びくり返され、筏《いかだ》の操作方法の説明もあった。甲板上には、キルク製の幅二メートル長さ三メートルほどの筏が積み重ねられ、万一沈没した折には筏が海上に落される。筏の上にのれば安全だが、筏の側面についた紐《ひも》につかまることも可能だと実物をしめして話してくれた。

やがて解散となって、学童たちは、教師に引率されて船艙内にもどった。が、老人や女たちの中には、おびえたように海面に眼をむけて甲板上にとどまる者が多かった。避難説明が、かれらの不安をたかめたようであった。

午後、スコールがあって、洋上は雨しぶきで白く煙った。

奄美《あまみ》大島がはるか右舷方向にみえ、それが後方に没した頃《ころ》、日が西に傾きはじめた。船団は、吐噶喇《とから》諸島の海域にさしかかった。

午後七時頃、なんの前触れもなく船が不意に異様な進み方をはじめた。右に進むかと思うと、船体を激しくかしげて舳《へさき》を左方へむける。対潜警戒の之字《のじ》運動をはじめたのだ。

乗客たちは、顔をこわばらせた。船がジグザグに進みはじめたのは、近くに敵潜水艦の姿を発見したからか、それとも潜水艦の出没する海域にさしかかったためか、いずれにしても船が雷撃をうける危険にさらされていることは想像できた。

教師たちは、学童たち全員に救命衣をつけさせ、一般疎開者たちもあわただしく救命衣の紐をかたくむすんだ。

乗船者たちの危惧《きぐ》通り、操船する者たちは被雷の予感におびえていた。船団は、吐噶喇諸島南端にある宝島の海軍警備隊からの「敵潜水艦一隻発見、厳重警戒ノ要アリ」という無電を受信し、対潜警戒に入っていたのである。敵潜水艦は、九州南端までつづく無数の島かげに身をひそめるようにして行動し、航行中の艦船をねらっている。当然三隻の大型輸送船は、かれらの絶好の攻撃目標となるにちがいなかった。

駆逐艦の動きが急にせわしくなり、之字運動をつづけながら船にしばしば接近してきたりした。

華やかな夕焼が、西の空を彩《いろど》った。茜《あかね》色の積乱雲が、つらなる峰のようにそそり立ち、やがて下方から徐々に紫色にかげっていった。

船艙内では、夕食がはじまった。船は右に左に進路を変えて、その都度激しく傾斜する。教師も学童も、暗い眼をして口をうごかしていた。重苦しい空気が、船艙内にひろがっていた。船がかしぐ度に、学童たちは箸《はし》の動きをとめて互の顔をおびえた眼で見つめ合う。かれらの顔は、一様にこわばっていた。

女の教師たちが低い声で話し合っていたが、最年長の教師が立つと、

「みなさん、心配しないでいいのですよ。この船は、軍艦にしっかり守られているの

です。船がこのような進み方をしているのは、ただ用心のためだけです。さあ、みんな元気を出して、一緒に本土へ行きましょう」

と、にこやかな表情をして言った。

「ハーイ」

という声が、学童たちの間から起った。

無心なかれらは、教師の説明に不安もうすらいだのか、表情はやわらいだ。船の異様な傾斜にもなれたらしく、笑い声も起るようになった。

夕食が終ると、かれらは明るくはしゃぎはじめた。船が激しくかしぐ度におどけたように倒れる者もいて、船艙内にはにぎやかな空気がひろがった。

船艙の隅《すみ》で女子学童が歌をうたいはじめ、声を合わせる者が増した。若い女教師もそれに加わって、タクト代りに手をふった。

しかし、そうした和やかな空気も、隣の船艙からあわただしく入ってきた男の教師によってたちまち消えた。

「静かにするんだ。潜水艦の聴音器にきかれるぞ」

教師は、険しい眼をして言った。

歌声も笑い声もやみ、かれらは不安そうに互の眼を見つめ合った。船体の外には、果しなくひろがる暗い海がある。その中に息をひそめた潜水艦が徐々に接近してきているのかも知れなかった。船艙内の歌声が、海水をつたわって潜水艦に達するかどうか儀一には疑わしく思えたが、教師の言葉には不思議な実感がにじみ出ていた。

船艙内の女教師たちは気まずそうに口をつぐみ、男の教師が去ると、

「さあ、寝床に入りなさい、救命衣はつけたままで……」

と、学童たちに声をかけた。

学童たちは、従順にズボンをぬぎ、板仕切りの中にもぐりこんだ。

儀一も、それにならって寝床の上に身を横たえた。あと一晩だ、と思った。船は、明日の午前中には鹿児島へ入港する。夜がすぎれば、危険は一応脱したといえるのだろう。

船が回頭して、大きく傾いた。寝床から学童の落ちる音がして忍び笑いがきこえたが、それもすぐにやむと、船艙内には機関の音と波の船側にあたる音がきこえるだけになった。

かれは、学童たちが板仕切りの中で息をひそませている気配を感じていた。海中を突き進んでくる魚雷の白い航跡の幻影が、再び胸の中にうかび上ってきた。船体の外にひろがる海が、不気味なものに思えた。半身を起すといったん脱いだ救命衣を身に

つけた。暑くはあったが、夜が明けるまでの辛抱だと思った。

身を横たえると、眼を閉じた。耳になじんだかすかな物音に、眼をあげた。蛾が、飛んでいる。前夜と同じ大きさをした同色の蛾だった。蛾は、死んではいなかったのだ、と思った。かれは、なつかしいものを眼にするように鱗粉を散らしながら電球に体をぶつけている昆虫《こんちゅう》を見つめた。蛾は、今夜も疲れも知らぬように羽をあおりつづけ、船とともに鹿児島へたどりつくことができるかも知れない。

気持が、なごんだ。蛾が、いきいきとした生命力にあふれているように思えた。

かれは、眼をとじた。夕方、西の空が茜色に染っていたことから考えると、夜空には冴《さ》えた星が一面に散っているのだろう。暗い瞼《まぶた》の裏に、星の光がひろがった。

やがて、かれの体は、星の群の中にゆったりと上昇しはじめた。

三

シンバルの鳴るような音だった。おびただしい星が瞬間的にくだけ散り、瞼の裏が白くなった。

飛び起きたかれの頭が、仕切り板にぶつかった。眼に、虚脱しきった学童たちの顔が映った。船に、異様な音響が起っていた。水蒸気のはげしく噴出するような音にまじって、無数の足音が交錯している。得体の知れぬざわめきが、体をかたく包みこんでいた。

船体が、ゆらいだように傾斜した。その瞬間、幼い者の泣き叫ぶ声が、船艙《せんそう》内の空気をつらぬいた。かれの体は、自然に動いた。傍《そば》に寝ていた弟の手をつかむと、板仕切りの中から飛び出し、梯子《はしご》にとりついた。

甲板にかけ上ったかれは、甲板上に破れた俵から出た米が散り、カボチャがころがっているのをみた。人が走り、米粒に足をとられて倒れ、それにつまずいて人が折り重る。

弟の手をひいて前甲板へ駈《か》けた。船が、かなり傾いている。前甲板から船艙へおりる入口がひらいていたが、内部からすさまじい叫び声がふき上っている。梯子を登ろうとする人々が争っていた。登りかけた者の体を他《ほか》の者の手が荒々しくひきずり下し、子供と大人がつかみ合っている。梯子の下には、人々の体がひしめき合っていた。

第二発目の魚雷が命中したらしく船側に水柱が高々とあがり、船体は激しく震動した。青みをおびた火閃《かせん》が夜空をつらぬき、甲板上が明るくなった。

かれの知覚は、失われていた。歯列がかみ合わず、膝頭《ひざがしら》に力が入らない。弟と手をにぎり合って、さらに船の前部の方へよろめきながら駈けた。

船首の近くにきた。かれは、立ちどまり後方をふり返った。人々が、黙ったままあてもなく駈け、一個所を走りまわっている者たちもいる。かれらの顔に、表情はなかった。

かれの体に、数名の女子学童がしがみついてきた。その力の異常な強さに、恐怖を感じた。腰のベルトが、ひきちぎられた。骨が今にも折れそうになるほど、つかまれた腕が痛かった。すがりつく子供たちの体をふり払った。

その時、第三発目の魚雷が命中、煙突が轟音《ごうおん》をあげて倒れるのがみえた。舷側にあがった水柱が、滝のように落下してきて、かれは弟とともに海水にたたきつけられ、折り重って倒れた。立ち上ったかれは、弟とデッキの手すりにしがみついた。船は、立っているのも困難なほど傾斜している。

なぜかわからぬが、不意に咽喉《のど》のあたりから冷たいものが、胃の方に落ちこんでゆくのが感じられた。と同時に、体のふるえはとまり、眼に、周囲の光景が異様なほどの鮮明さで映じてきた。夜空には、鉄片や積載物が無数の鳥影のように乱れ飛び、その中から、人間の体が落下してきて舷側の手すりに叩《たた》きつけられる。海水の迫るのを避けるため、マストを上方へ上方へと登る人の群もあった。が、そこにも争いが生じていて女が上方の人間をひきずり下し、その女を下の男がつかみ落している。

「先生、先生」

と、泣き叫びながらすがる学童を、教師が蹴倒《けたお》している。が、学童はすぐに立ち上ると、再び教師の体にしがみついていった。

「飛びこめ、飛びこめ」

という叫び声が、至る所でしていた。が、儀一は、放心したようにあたりをながめながら、傾斜した甲板の上に立ちつくしていた。

四発目の炸裂音《さくれつおん》がして、船体は、中央から裂けた。泡立《あわだ》った海水が、甲板にせり上ってきた。かれは、弟の救命衣の襟《えり》をつかみ、海中に飛びこもうとしたが、泣き叫びながら女子学童たちがしがみついてきて、体の自由が失われた。

海水が、あおるようにふくれ上り、かれの体はその中にまきこまれた。海水は冷たく、すさまじい水圧がかかってきた。体が、激しい勢いで回転しはじめた。闇《やみ》の世界に埋れながら、上方にわずかな光をみた。その明るみを見つめているうちに、意識が急速に薄れていった。

どれほどの時間が経過した頃か、自分の体が仰向けに浮いているのに気づいた。海面には、小さな渦《うず》が所々に出来ている。手足を動かしてみた。傷はなかった。周囲を見まわした。海面は、浮游物《ふゆうぶつ》にみちていて、孟宗竹《もうそうちく》、ドア、木片、畳等にまじって、救命衣をつけている人の体も浮いていた。

かれは、傍の人の体にふれてみた。が、その体には頭部がなく、あらためて周囲の人々の体を見つめ直してみると、救命衣をつけた死体ばかりであった。

生きているのは自分一人だけだ、と思った。魚雷は四発命中し、船は沈没した。海面には激しい渦がまき起っていて、人間の生きる可能性はないはずだった。どこへ行ったらよいのか、わからなかった。海は、死者の海と化している。自分は生きているつもりではあるが、それは錯覚で、自分も死者の一人として浮游しているにすぎないのか、とも思った。

かれは、生きていることを確めるように手足を動かして泳ぎはじめた。死体が、絶え間なくふれてくる。俯伏《うつぶ》せになっている死体、眼球を露出して仰向いている男、胴体のみの体、嬰児《えいじ》を背負った女の死体、それらが海面をおおっている。

それらの死体を押し分けながら進んだが、ふと五十メートルほど前方に激しく動く人の群を見た。幻覚か、と思った。死者が、その部分に群れているのではないのか、とも思った。かれは、眼をこらした。星明りに、救命衣をつけた人の姿がみえる。かれらは、孟宗竹を組み合わせて作った筏《いかだ》をかこんで、なにか叫んでいる。それは、甲板に積まれてあった仮救命筏であった。

儀一は、自分以外に生きている者たちがいることに安堵《あんど》し、その方向にむかって泳ぎ出した。

近づくにつれて、人々が筏を中心に荒々しく争っていることを知った。筏とその周辺には三十名近い男女や子供がむらがっている。筏に乗った者の手足をひっぱって海中に落す者もいれば、筏の上からとりつく者を足蹴にしている者もいる。筏は絶え間なくゆれ、周囲には激しい水しぶきが上っていた。

儀一は、その光景を眼にしているうちに死の恐怖におそわれた。救命衣をつけてはいるが、泳いでいる間にいつかは体力が尽きて海中に沈んでしまうだろう。

かれは、人々の殺気にみちた空気の中に自ら入りこんでいった。筏にとりすがろうと思ったが、筏は、眼をいからせた人々の体でかたく包まれている。眼前では、老婆《ろうば》の肩に中年の女がしがみつき、老婆は、しきりに拳《こぶし》で女の顔をたたいている。そのうちに、二人の体はからみ合いながら海面下に没していった。

筏の竹につかまっている女子学童の背を、筏の上から殴っている男もいた。が、少女は、顔を伏して竹をはなさない。そのうちに男は、周囲からのびた手に押されて筏から海中に落された。

儀一は、筏にとりすがろうとその周囲を泳いでいたが、後方から異様な重みがのしかかってくるのを感じた。振向くと、嬰児を背にくりつけた女の顔が眼の前にあった。かれは、女の眼におびえた。死の色のにじみ出た眼であった。嬰児の頭部は、すでに海水の中に埋れて動かない。

かれは、全身の力をふりしぼって故意に身を沈めた。女の体が、一緒に沈んでくる。かれは息苦しさに堪えた。そのうちに女の手から力が失《う》せ、儀一の体をはなすと弱々しく浮き上っていった。

かれは、手足をあおり、その場からはなれて海面に顔を突き出した。女の姿は、すでになかった。筏の周囲では、依然として無言の争いがつづけられていた。

かれは、近くに浮いた木箱にとりすがった。胸がしめつけられるように息苦しかった。人が恐しかった。筏の近くにゆけば、まただれかにしがみつかれる。そこに待っているのは、死以外にないように思えた。全身の筋肉が骨格から浮いてしまったような激しい疲労が湧《わ》いていた。かれは、木箱を両手でつかみながら息をあえがせた。

海面は、大きく動いていた。筏は徐々に遠くなって、周囲には死体の群が潮流にのって集ってきていた。いつの間にかかれの体は、死体の群に厚くとりかこまれた。

かれは、自分だけが生きていることに心細さを感じた。潮は、死体をのせて果しなく流れつづけるだろう。その中に包まれて漂流するうちに、自分の体もそれらの死体に同化してしまうにちがいない。

木箱を押して死体の中を泳ぎはじめた。死体は海水をふくんでいるためかひどく重く、一つを押しのけても次の死体が行手をはばむ。かれは、木箱を死体と死体の間隙《かんげき》にさし入れてゆっくりと進んだ。

ようやく死体の群からぬけ出すことのできたかれは、息をあえがせながらしばらく潮流に身をまかせて流れた。海面の浮游物は、潮流とともに動いている。遠く人声らしいものを耳にしたが、夜の海上に動く人影はとらえられなかった。

かれは、時折きこえる人声に、まだ生きている人間が海上にいることに心強さを感じ、人声のした方向に泳ぎ出した。

三十分ほどたった頃だろうか、前方の海面に人の気配が感じられた。芥《あくた》のようにさまざまなものがかなり広範囲にかたまって流れていて、所々に頭部が突き出ている。かれらは、浮游物にしがみついたり、筏の上に体を突っ伏したりしていた。

かれは、浮游物に近づいた。体にまとわりつかれることが恐しかったが、人々の体はほとんど動かず水しぶきも上っていない。

不意に、弟のことが思い起された。船が沈む時、たしかに弟の救命衣の襟をかたくつかみ、激しい渦にまきこまれて体が回転している時も、救命衣をつかんでいた意識は残っている。が、海面に浮上した時、弟の姿は消え、その時からかれの頭に弟の存在は失われていた。

弟を思い出したのは、浮游物に力なくつかまっている人々を眼にしたからで、弟の救命衣をつかんでいた手の感触が、突然のように鮮明によみがえった。

かれは、

「ヒロシ」

と、声をあげてみた。自分の声とは思えぬしわがれた声だった。

すぐ傍で、

「はい」

という声がした。

耳を疑った。同名のものが答えたのか、それとも意識の失われかけた者が反射的に答えたのだろうか、と思った。

かれは、眼をこらした。孟宗竹の傍に小さな頭部が浮いている。木箱を押して孟宗竹に近づいた。片腕で竹を抱いて顔を突っ伏している幼い者がいる。後頭部に見おぼえがあった。

「ヒロシ」

かれが薄い肩をつかむと、小さな顔が力なくふりむいた。顔の左半面が異様なほどはれていたが、弟にちがいなかった。広い海面で弟に再会できたことは、一種の奇蹟《きせき》であったが、それを少しも不思議とは思わなかった。

弟の顔には、虚脱しきった表情が浮んでいた。左腕は脱臼《だっきゅう》しているらしく海中に垂れ、脇腹《わきばら》の皮膚がやぶれて肉がはみ出している。

儀一は、弟を海水に浸しておくべきではない、と思った。傷は腐敗して全身を侵蝕《しんしょく》し、やがて片腕で竹にすがる弟の体は力つきて沈んでしまうにちがいない。

かれの眼に、孟宗竹の束がみえた。それは、仮救命筏の解けかけたもので、縄《なわ》のからまっている竹もあった。かれは、木箱を押して近づくと竹を組み合わせはじめた。浮游している縄も数本見つかり、立泳ぎをしながら竹に結びつけた。

四メートルほどの長さと幅をもつ筏が出来上った。かれは、波に起伏する筏をひいて弟の傍に近づくと、尻《しり》を押して筏の上にのせ、自分も這《は》い上った。

海水からはなれると、急に夜気が寒く感じられた。かれは、ふるえはじめた体を横たわった弟の体に押しつけた。水中ではそれほど意識しなかったが、波のうねりは大きく、筏はそれにつれて上下にゆれる。潮の流れにのってかなりの速さで動いていた。

夜空は、一面の星であった。

かれは、その星の下でほとんど無意識に身を動かしていた。板きれにつかまった五、六歳の男の子が、筏にしがみついてきた。儀一は、手をのばすと筏の上にひき上げた。男の子は、

「お父さん、お母さん、先生」

と、声をあげて泣きつづけた。

儀一は、なぜか腹が立って小さな頬《ほお》を平手でなぐりつけた。

国民学校四、五年の男子学童も筏にとりすがってきた。右足の大腿骨《だいたいこつ》が折れているらしく、そこから下の部分がねじれていた。

学童は、

「お母さん、お母さん」

としきりに声をあげながら、近くの海面に手をさしのべている。その方向には、乳《ち》吞《の》み子《ご》らしい嬰児を背負った女が、竹の束にまたがっていた。が、竹の束は、女の体をのせて何度か回転しながら次第にはなれていった。

儀一は、呻《うめ》きつづける学童を抱いてやっていたが、呻き声が徐々に弱まり、やがて呼吸も絶えた。

かれは、学童の体を筏の端からおろすと海水の中にはなした。救命衣をつけた小さ

な死体は、うつ伏せになったまましばらくの間筏についてきていたが、大きな波のうねりであおられると、筏から遠ざかっていった。

儀一は、仰向《あおむ》けになって星を見上げた。体は筏とともにゆれるが、星空は、頭上にひろがって動かない。空は平坦《へいたん》で、そして広大なのだ、と思った。

筏が不自然にゆれて、何人かの人が這い上るのを感じた。が、かれは体を起すこともなく、星の光と向き合っていた。

四

眼《め》をさました儀一は、まばゆい陽光に眼を細めた。

筏の上には、いつの間にか十人近い老婆や子供や中年の女たちがのっていて、無言で儀一を見つめていた。断りもなく筏にのり、しかも無愛想な表情をしているかれらに、儀一は腹立たしさを感じた。

かれは、弟に眼をむけた。弟は、片腕をだらりと垂らして黙ったまま坐《すわ》っている。

太陽の光は、熱かった。海面はゆったりと起伏をくりかえし、所々に人々の体をのせた筏が漂い流れている。身を海水につけて浮游物につかまっている者も多かった。

太陽が頭の真上で輝くようになった頃、二人の男が木製の扉《とびら》のようなものにつかまって近づいてきた。

かれらは、儀一たちののっている筏にとりすがると、

「今に助けが必ずくる。元気を出すんだ」

と、言った。

儀一は、男たちの屈託のない表情に驚きを感じた。船から海中に投げ出されて以後、そのような平静な態度を持している人間に会ったことはなかった。

理由は、すぐにあきらかになった。

「おれたちは、船員だ」

男の一人が、言った。

「今までに二回海に投げ出されたことがあるが、その度に助った。お前たちも必ず助る。気を落すな」

と、おだやかな表情でつけ加えた。

「この筏に最初にのったのは誰《だれ》だ」

他の船員が、儀一たちを見上げた。

「ぼくです」

儀一は、即座に答えた。

「そうか。すまんが、この筏を少し切ってわけてくれないか。今はかすんでよくは見えないが、この方向に島がある」

船員は、海上の一方向を指さし、

「その島まで漕《こ》いで行って助けを仰ごうと思う。そのためには小さな筏が必要だ。どうだ、分けてくれないか」

と、言った。

儀一は、答に窮した。ようやく十人ほどの人間の体重を支えて浮いている筏を分離してしまえば、沈んでしまうおそれがある。

しかし、かれはうなずいた。二人の男は、船員らしい落着きをもっているし、その言葉通り救いをもとめることに成功するかも知れない。この筏は自分の手で組み立てたもので意のままに扱う権利があるはずだし、同乗している者たちにも、この機会にそのことをはっきりと理解させておきたかった。

「ただし、ぼくの弟を連れて行って下さい。怪我《けが》もしているし……」

儀一が言うと、船員たちは大きくうなずいた。

筏の一部が切りはなされ、弟の体が船員たちの手でその上に移された。かれらは、細長い筏にまたがると、板きれで海水をかきながら遠ざかっていった。

筏の安定が悪くなって、波のうねりに大きくゆれはじめた。儀一は、荒々しい声をあげて人々に指示し、体の位置を変えさせるとその場から動くことを禁じた。

夕焼けが、西の空を染めた。その華やかな色彩をみているうちに、激しい飢えと渇きにおそわれた。かれは、堪《こら》えきれずに海水を飲んだが、たちまち咽喉《のど》がひりついて逆に渇きが強まっただけであった。

日が没し、また夜空に星の光がひろがった。

不意に、蛾《が》のことが思い起された。船艙《せんそう》の電球に体をせわしなくたたきつけていた蛾。あの蛾は、船艙の中にとじこめられたまま沈んでいったのだろう。が、かれは、疲れを知らぬような蛾が、海底に沈んだ船の中で果しなく舞いつづけているような気もした。

夢が、絶え間なく訪れては消えた。それは万華鏡《まんげきょう》のようにあわただしく変化し、同じ夢が果しなくくり返される。寝返りをうって海中に落ちあわてて這い上った時も、夢の中の出来事としてしか感じられなかった。

夜が明け、太陽がのぼった。

時折泣き声をあげていた五、六歳の男の子は、夜の間に海中に落ちたらしく姿がみえなかった。儀一は、筏が少しでも軽くなったな、と思った。

太陽にさらされた皮膚が、赤くはれ上った。体が熱病にかかったように熱く、時々筏から海中におりると体を冷やした。
十二、三歳の少女が、
「ごはん、砂糖きび、氷水」

と、うわごとのように叫びはじめた。

儀一は、筏の上に這い上るとその体を荒々しく蹴《け》った。筏の上ではかれがただ一人の男子であり、意のままに筏にのった者たちを従属させたかった。

夕方から、波が荒くなった。

儀一は、海中に落ちることを防ぐため筏に体を縄でしばりつけた。飢えと渇きがさらに増し、上唇《うわくちびる》と下唇がひりついて口が開かない。その夜も空には、星が光った。

翌朝眼をさますと、中年の女の抱いていた嬰児《えいじ》がいなくなっていた。老婆がたずねると、

「波に流された」

と、女が答えた。その顔には、虚脱しきった表情しかうかんでいなかった。

その日も、太陽が照りつけた。かれは、熱さを避けるため海水に身をひたし、筏をつかんで浮んでいた。いつの間にか顔と手と肩の皮膚がむけ、下半身は水にふやけて

白くなっていた。

日がわずかに西に傾きかけた頃《ころ》、異様な光景を眼にして体をかたくした。はるか遠い海面に、黒々とした尖《とが》ったものが一斉《いっせい》に湧くのがみえた。その数はおびただしく、すさまじい速さで近づいてくる。鰹《かつお》の大群にちがいないと思ったが、突き進んでくる勢いに不安を感じて、筏の上に這い上った。

黒く尖ったものが、波間に見えかくれしながら接近してきた。かれは、海上を見つめた。黒く尖ったものは背鰭《せびれ》で、その下に黒々とした二メートル以上もある魚の体がみえた。鰹にしては、異様な大きさだった。

突然、近くに浮んでいた筏の方から、

「ハブにかまれた」

という叫び声が起った。

声をあげたのは、筏の端につかまって身を海水にひたしていた六十歳ほどの白毛頭《しらが》の老人だった。老人の体と筏が、不自然な激しさでゆれ老人の背後に海水がふくれ上ると、魚の体がおどり上った。

鱶《ふか》だ、と儀一は胸の中で叫んだ。老人の体と筏がゆれているのは、鱶が老人の下半身を食いちぎろうとしているからにちがいなかった。

水しぶきが上って、魚が身をひるがえした。その瞬間、海面に朱色のものがひろがった。老人の手は、筏をつかんではなさない。が、再びその近くで激しい水しぶきが上ると、老人の上半身は海中にひきこまれていった。

儀一には、不思議と恐怖感は湧いていなかった。かれの眼は、直線的に動く鱶の背鰭を注意深くうかがっていた。遠く近くうかぶ筏や梱包《こんぽう》や材木の近くで水が白く泡立《あわだ》ち、その度に人の体が海中に没してゆく。が、それらは、ただ眼に映じるだけの光景で、なんの感慨も湧いてはこなかった。

儀一の筏がゆれた。突き進んでくる鱶の姿に、女たちがうろたえたように立ち上ったのだ。

「立つな、筏がひっくり返る」

儀一は、怒声をあびせて彼女たちを筏の上にうずくまらせると、手にした板ぎれをにぎりしめた。鱶の長い体が近づいてきた。かれは、板で水面を狂ったようにたたいた。魚の体に当る鈍い感覚が掌《てのひら》につたわり、鱶は、筏の下を流れるように通りすぎていった。

鱶は、四方から執拗《しつよう》にやってきた。白い歯列もみた。開いたままの眼もみた。かれは、それらの長くそして黒い体に、板ぎれをふるいつづけた。

時間の感覚は失われていた。途方もなく長い時間のようでもあり、数分間の短い時間のようにも感じられた。

鱶がようやく去った時、西の空がすでに茜《あかね》色に染まりはじめていることに気づいた。かれは、板ぎれを投げ出すと筏《いかだ》の上に倒れた。

日が没し、また星が光った。

かれは、しびれた手で体を筏にしばりつけて横たわった。眼を閉じると、闇《やみ》の中では再び蛾が鱗粉《りんぷん》をふりまいて舞った。何度か呻き声をあげ、眼を開いた。その度に、星空の下に身を横たえていることを知った。

翌朝、膝《ひざ》を抱いて坐っているかれの背に、老婆が体をもたせかけてきた。手の甲に入れ墨をしている老婆で、皮膚もむけていた。老婆の体の重みがいとわしく肩を動かすと、老婆は横に倒れて筏から海中に落ちた。

かれは、反射的にその襟《えり》をつかんだ。

「もう死んでいるよ。放してやった方がいい」

中年の女が、力ない声で言った。

老婆の顔をみた。水に半ばうずもれた老婆の眼は、海水の中でひらいたままだった。かれは、老婆の襟をはなした。

気がつくと、筏の上には儀一以外に四人しか残っていなかった。老婆と二人の中年の女と十歳ほどの女子学童だけであった。彼女たちの顔と露出した皮膚は醜くむけ、唇は粉をふいたように白く、眼だけが異様に光っている。彼女たちは、眼を開け閉じしながら体を横たえたり坐ったりしていた。

その日は、さまざまなことがあった。

太陽がのぼりはじめた頃、かすかに爆音がきこえた。空の一角に錫《すず》色に光るものが湧いて次第に近づいてくる。かれは、下着をぬぐと棒きれに結びつけてふったが、飛行機は針路も変えず飛び去っていった。

太陽が、頭上に輝いた。思考力は失われていた。陽光の熱さと時折体にふりかかる波の冷たさが、残された感覚のすべてであった。

海上に動くものがあった。海面をはなれると、弧をえがいて空中を飛翔《ひしょう》し海中に没する。無数の銀鱗が陽光を浴びてきらめき、筏の方にも近づいてきた。かれは、それがおびただしい飛魚の群だということを知った。

かれは、筏にのっている者に体を伏せさせ、飛魚の動きをうかがった。海面の泡立ちが近づき、一斉に蝗《いなご》の飛び立つように魚鱗が海面をはなれた。かれは、不意に立ち上るとその一尾をつかんだ。その瞬間、脛《すね》に激しい痛みを感じた。他の飛魚が脛にぶつかり、筏の板の上に落ちたのだ。それをおさえたのは、女子の学童だったが、中年の女がその手から荒々しく魚をうばった。

かれは、とらえた魚の腹に歯を当て、肉をむさぼり食った。傍《そば》に少女がにじり寄ってきた。その少女の光る眼を見つめながら顎《あご》を動かしつづけ、三分の二ほど食べると、無言で少女に投げてやった。

飛魚は、波頭のような白い輝きをみせて海面を遠ざかっていった。

その直後、雨が訪れた。太陽が黒雲にさえぎられ冷えた風が渡ると、太い雨脚《あまあし》が沛《はい》然《ぜん》と落ちてきた。

女たちは、口を上方に開け、かれは下着をぬいでひろげ、それをしぼって水滴を口に入れた。少女が、歓《よろこ》びに身をふるわせながら泣き出した。かれの体にも意識のかすむような陶酔感が満ち、このまま死んでもいいと思った。

その夜は星が出なかったが、代りに筏の周囲は一面の光の海となった。どこから湧《わ》いたのか、夜光虫が海面をおおい、波のうねりも光の波になった。少女は、何度もいぶかしそうに光をすくった。が、掌の上の光は淡く、海水をこぼすと指の間にわずかな光がこびりついているだけだった。

夜光虫は、刺した。かれの足には、飛魚にいためつけられた傷以外にも多くのかすり傷があった。その部分を、夜光虫が刺す。かれは、海水にふれぬように足を筏の上にあげた。

夜光虫は、いつまでたっても消えなかった。筏の上はほの明るく、女たちの眼球には淡い光がやどっていた。

翌朝、嬰児を流した中年の女が息をあえがせていた。眼は白く、干からびた唇がひらいていた。他《ほか》の老婆《ろうば》も中年の女も少女も、外観はほとんど同じだった。太陽の熱にさらされたためか毛髪はぬけ、むけた皮膚には火ぶくれの白い斑点《はんてん》がすき間なく散っていた。

正午頃、中年の女の呼吸がとまった。老婆と痩《や》せた女が、足で押して女の体を海中にすべり落した。

夕方、老婆が意味のわからぬことを口にしながら東の方向を指さした。船影が、見えていた。

かれは、下着をぬぐと立ち上りその影にむかってふったが、体がふらついて海中に落ちた。筏に這《は》い上ると、再び下着を手にとった。

船が、こちらに舳《へさき》をむけて近づいてくる。かれは、足をふみしめて下着をふりつづけた。

五

儀一たちを救い上げてくれたのは、大型の掃海艇だった。甲板に上ると、少量の粥《かゆ》と少量の水があたえられた。儀一は、もう少し水を欲しいと言ったが、水兵は頭をふった。

甲板上に、救出された男や女が身を横たえていた。その中に見覚えのある小さな顔があった。近づくと、干からびた口がひらいて、

「兄さん」

と、言った。

弟は、筏にのって船員たちと島に近づいた。が、潮流が激しく筏は流され、漂流しているうちに発見され収容されたのだという。

掃海艇は、あわただしく附近の海面を走った。が、浮游物《ふゆうぶつ》も人ののった筏もなく、やがて日が没し、艇は舳をもどした。

海面に漂っていた多くの人をのせた筏はどこへ行ったのだろう、と、思った。潮にのって遠くへ運び去られたのか、それとも死者の群とともに水中に没したのか、自分たちの救出が最後であるということが信じられない気がした。

掃海艇は、近くの島の小さな湾に投錨《とうびょう》して夜をすごした後、鹿児島へむかった。午後、島影らしいものがみえたが、それは広い陸地の一部で、大きな湾に入るとやがて前方に建物の寄り集った市街が近づいた。儀一は、それが本土の南端にある鹿児島だということを知った。

波止場には、吏員らしい男たちにまじって多数の憲兵が待っていた。艇をおりると、氏名照合の後、憲兵の監視を受けて他の人々とともにバスで県立病院に送られた。そして、病院の一室に集められると、憲兵から船の沈没したことを決して口外してはならぬと訓示された。

入院した夜、ベッドに横たわった弟が、突然のように母と妹のことを口にした。儀一は、狼狽《ろうばい》し顔色を変えた。母たちのことを全く忘れてしまっていた自分に、驚きと羞恥《しゅうち》を感じた。第一発目の魚雷の衝撃を感じた瞬間から、母と妹の存在はかれの意識から完全に消えていた。自分のことのみが意識のすべてで、弟のことも二義的三義的のものにすぎなかった。

かれは、床に敷かれたふとんに身を横たえ眼を閉じた。眠りはすぐにやってきたが、蛾《が》が闇の中で舞った。鱗粉をせわしなくふりまく蛾の像に、船艙《せんそう》の中にいた母と妹の心許《こころもと》なさそうな顔が重った。

かれは、夢の中で激しく泣いた。眼をさますと、頭上に黒い布でおおわれた小さな電球が、細いフィラメントを浮き上らせて光っているのが見えた。

翌日、治療を受けている弟を残して、鹿児島市内に出た。母と妹の消息をつかみたかった。

港の方へ歩いた。路上をすすむかれは、通行人の無遠慮な視線が自分に向けられるのを感じた。あらためて自分の姿を見まわした。顔や手足の皮膚は醜くむけ、ズボンも下着も茶色く変色して、破れ目からは肌《はだ》が露出している。四日間にわたる漂流の間に、太陽の光と潮風と海水が、皮膚と衣服をむしばんでしまっている。それは、なにか海面をただよう海草や朽ちた流木と同一のもので、それが人々の眼をひくのにちがいなかった。

救助された者たちは、市内の小さな旅館に分宿していた。

かれは、それらの旅館をまわり歩いたが、生き残った者はきわめてわずかだった。殊《こと》に学童や幼い者の姿は少く、老人や女たちがうつろな眼をしてかれを見上げた。かれらは、干からびた海草のように寄り添い、その体から潮の匂《にお》いがただよい出ているように思えた。

鹿児島の町々には、まばゆい夏の陽光があふれていた。

かれは、市内をあてもなく歩き、日没に病院へもどることを繰返した。弟が待ちかねたように顔をむけてきたが、かれは無言で頭をふるのが常だった。

港に立って、海をみることも多かった。入港してくる船を眼にすると、母と妹がのっているのではないかという期待をいだいた。が、波止場についた船からは、船員らしい男しか降りてはこなかった。

やがて弟の退院が近づいた頃《ころ》、一人の男が病院を訪れてきた。那覇《なは》市の家の近くに住んでいた沖縄県庁の吏員だった。

吏員は、儀一を院内の敷地に生いしげる樹木の陰に連れて行った。

「母と妹のことを知りませんか」

儀一は、たずねた。

吏員は、眉《まゆ》をしかめて頭をふった。漂流者の中には、遭難海域の近くの島々にたどりついて救助された者もあったが、それらはすべて鹿児島に移送されてきている。遭難者数の集計も終っていて、乗船者一、六八〇名中船員をのぞく生存者は一七七名で、七〇〇名の学童も五九名しか生き残ってはいない。生存者名簿の中に、母と妹の名はないという。

儀一は、うなずいた。涙は出なかった。自分と弟が生き残ったことの方が不自然であり、母と妹は、多くの死者とともに海底に没したのだ、と思った。

「いつまでも鹿児島にいても仕方がない。弟さんが退院できたら落着き先へ行きなさい」

と、吏員は言った。

母方の祖母が宮崎県下にいて、そこに疎開《そかい》する予定になっていた。儀一は、吏員の言葉にしたがって鹿児島をはなれる気になった。

数日後、弟は退院した。

儀一は、腕を三角巾《さんかくきん》でつった弟と市内の旅館をまわってみた。が、生存者のほとんどはそれぞれ身を寄せる地へ出発した後で、縁故先のない老人たちが数名残っているだけだった。疎開船の沈没事故は、すでに過去のものとなり、戦時のあわただしい空気の中に埋《うず》もれていた。

かれは、弟を連れて人の体でふくれ上った列車のデッキに身を押し入れ、祖母の住む町に行った。長い、そして心細い旅であった。

駅におり、人にたずねながら夜道を歩き、祖母の家にたどりついた。祖母は涙を流したが、かれも弟も乾いた眼をしていた。

翌日、儀一は、町の中等学校に行き、海水にひたされて原型の失われた在学証明書を校長のテーブルの上にひろげた。かれは理由を説明しなかったが、無言で見つめていた校長はうなずくと、中等学校三年生に編入することを許可してくれた。

しかし、学校には授業がなく、生徒たちはその町に疎開していた飛行機工場に勤労学徒として動員されていた。かれは、朝早く起きると、白く乾いた海岸沿いの道を歩いて工場へ通った。

沖縄から来たという儀一は、新たな学友たちの好奇にみちた眼につつまれた。沖縄では米を食べるのか、裸足《はだし》で歩いているのではないか、どのような言葉で話すのかなど執拗《しつよう》な質問を浴びせかけてくる。

儀一は、日本都道府県の一県である沖縄ではむろん本土の者と同じような生活をしていると答えるが、その答はかれらを満足させなかった。かれらにとって沖縄は、海のかなたの遠い島であり、そこには南国の島らしい特殊な生活があると思っているようだった。

生徒の中には、儀一に露骨な反感をしめす者もいた。儀一は、小学校以来教場でおしえられた標準語を口にしてきたが、それが九州弁しか話せぬ一部の生徒の自尊心を傷つけたようだった。かれがなにか言っても、返事をせぬ生徒もいた。

しかし、儀一は、何人かの親しい友人も得て勤労学徒としての生活の中にとけこんでいった。かれは、それらの友人たちにも疎開船の沈没したことや漂流後救出されたことなどは口にしなかった。口外してはならぬという憲兵の言葉を守っていたためであったが、学友たちの熱っぽい眼の光をみると、そんなことを打明ける気にもなれなかった。かれらは、日本の勝利をかたく信じこんでいて、近くの海がすでに敵潜水艦の横行する場所になっているなどとは考えていないようだった。

かれは、自分一人だけの世界に身をひそませていた。工場で作業をしている時など、不意に船艙の中に舞っていた蛾の姿を思い起し、甲板に駈《か》け上った時の光景、筏《いかだ》で漂流していた時の太陽の熱さなどがよみがえってくる。その後に味う感慨は、自分が生きていることの不思議さであった。

十月初旬、新聞記事で沖縄に敵の大編隊が来襲し、那覇が焼きはらわれたことを知った。生れ育った家となじみ深い町が灰に化したことは堪えがたかったが、それにも増して島からのがれ出てきたことに対する後めたさを感じた。さらに、翌年の三月下旬、敵の機動部隊が沖縄に殺到し慶良間《けらま》列島に上陸したことを知った時、苛《い》ら立《だ》ちは一層つのった。ラジオや新聞によると、沖縄県民は軍に協力し、県下全中等学校生徒が陸軍二等兵として守備隊に編入されたという。郷土の学友たちからはなれて本土に逃避したという意識が、かれを深く傷つけた。

四月一日、敵は、沖縄本島に上陸し、本格的な戦闘が開始され、凄絶《せいぜつ》な攻防状況がつたえられるようになった。

かれは、新聞をひらくのが恐しかった。斬込《きりこ》み、突撃という活字がかれをおびやかし、殊に学徒隊の活動を告げる記事を眼にする度に息苦しさを感じた。

親しみ深い地名が新聞記事の中に数多くみられた。それは日を追うにつれて新しい地名に変り、日本軍守備隊が僅《わず》かながらも後退していることを知った。戦況は次第に悪化し、やがて首里も敵手に落ちた。

かれは、極端なほど無口になった。工場へ行っても友人たちと顔を合わせることを避け、黙々と作業に従っていた。

六月に入って間もなく、工場内で思いがけぬ中学生に出会った。那覇にいた頃の中等学校の同期生だった。

儀一は、自分と同じように本土に疎開している友人がいたのかと、幾分救われた思いがしたが、事実は異っていた。その学友は、伝令として戦闘にくわわっていたが、本土への連絡を企てた参謀と同行して、沖縄本島北部から刳舟《くりぶね》で奇蹟《きせき》的に脱出することに成功したのだという。戦場に身をさらしていたためか、ひ弱な学友の顔には別人のような強靱《きょうじん》な表情がうかび、眼にも刺しつらぬくような鋭い光が凝固していた。

「沖縄は、どんな具合だ」

儀一は、臆《おく》しきった気分でたずねた。

「みんなよくやったぞ。斬込んだやつもたくさんいる。しかし、なにもかもめちゃくちゃだ。後から後から死んでいった」

友人は、抑揚のない声でそれだけ言うと、足早に去っていった。

儀一は、工場への往《ゆ》き帰りに海沿いの道を通ることが辛《つら》かった。海のかなたには、敵の砲爆撃にさらされながら学友たちが戦場を走りまわり、死体と化している沖縄がある。悠長《ゆうちょう》に工場通いをしている自分の生活が、卑劣なものに思えてならなかった。

六月下旬、新聞は、沖縄県での戦闘が終結し、守備隊将兵にまじって老人や女や学徒をふくむ県民の玉砕を告げた。儀一は、工場へ行く気になれず終日ふとんをかぶって身をひそめていた。

その日にくらべれば、終戦を告げられた日の方が悲しみは薄かった。かれは、学友たちのすすり泣く中で、ただ一人放心したような眼をあげて天皇の放送をきいていた。

米軍の沖縄県来攻までに、沖縄、宮古、石垣《いしがき》、大東の各島から九州、台湾に疎開した老幼婦女子は約八万名で、それに使用された艦船は延《のべ》一八七隻《せき》に達した。その航行は危険にみちたものであったが、奇蹟的にも被雷をまぬがれ、雷撃をうけて沈没したのは儀一たちの乗船した対馬丸《つしままる》一隻のみであった。

九州に疎開した約六万名の沖縄県民たちの大半は縁故のない者で、九州各県の市町村に散らされた。儀一の住む地域にも、それらの者たちが送られてきた。初めの頃は、町村の集会所や寺や倉庫に住みついていたが、それでも収容しきれずに農家の納屋《なや》などを住居にする者もいた。かれらの生活は、貧しかった。生活力の乏しいかれらは、農家に頼みこんで下働きに従事し、わずかな農作物を報酬として受け、辛《かろ》うじて飢えをまぬがれていた。

儀一は、かれらを眼にすることが堪えがたかった。祖母は沖縄県人ではあったが、十数年前から村に居を定めて生活も安定していた。そうした生活環境の中にいる儀一にとって、浮浪者の群のように日々をすごす同郷の者の姿を眼にすることは苦痛だった。

かれらに対する村の者たちの態度は、冷たかった。県庁からの指令で引きとった沖縄からの疎開者は、村の者たちには荷厄介《にやっかい》な余所者《よそもの》であった。その根底には、辺境の地からやってきた人間に対する蔑《さげす》みがひそんでいた。

疎開者たちは、手回りの荷物をもってきているだけで目ぼしい生活要具もない。洗《せん》濯《たく》をするのにも盥《たらい》がないので、やむなく鍋《なべ》で洗ったりすると、沖縄の人間は鍋で洗濯するのが習慣なのだという風評が立つ。食物がないため野草をつむと、沖縄人は野草を常食にしているらしいと噂《うわさ》し合った。

殊に子供の世界では、疎開者に対する侮蔑《ぶべつ》が露骨な形であらわれた。疎開者の子供たちは、よく衣服をはぎとられ、履物をとられた。沖縄の人間は半裸で、しかも素足で歩くはずなのに……と、村の子供たちははやし立てる。そうした子供たちの行為は、村人の疎開者に対する態度をそのまま反映するものであった。

しかし、昭和二十年三月下旬からはじまったアメリカ軍の沖縄攻撃以後、村の者たちの中には、疎開者たちに同情する者も多くなった。食糧や衣類などを持ってきたり、慰めの言葉をかけたりする。国民学校に通う子供には、学用品や雨具などがあたえられた。疎開者の子供たちは、すぐれた血としてえらばれただけに、学業成績は際立《きわだ》ってすぐれていた。

さらに沖縄の失陥は、村人たちの態度をやわらげた。疎開者たちの大半は遺族であり、その家族は祖国防衛のために沖縄で戦死している。村の主だった者は、疎開者の住む場所をめぐって悔みの言葉を述べ慰問品を贈ったりした。

儀一は、そうした村の者たちと疎開者たちとの接触をひそかに眺《なが》めていた。かれらのむすびつきは、同情という感情から発したものだけに根の浅いものに感じられてならなかった。

危惧《きぐ》は、的中した。村人たちの態度は、終戦の日を境に一変した。沖縄からの疎開者を受け入れることは、戦時下の義務であったが、その理由が完全に失われたのだ。それに、徴用されていた者や復員者たちが続々ともどってきたことも、村人たちの態度を硬化させた。疎開者たちのただ一つの存在価値は、安い労賃で人手不足をおぎなってくれたことだったが、屈強な男たちの帰郷で、かれらの労力を必要とはしなくなった。また村の人口の増加は、疎開者たちの住む建物を必要にもした。

村人たちは、疎開者たちの追い出しにかかった。それはまず個人所有の住居からはじまり、追われた疎開者たちは、町や村の集会所などに身を寄せる。が、町村の管理者たちは、さまざまな理由を口にしてかれらの移転を強引にもとめた。

儀一は、学校からの帰途、十六世帯の疎開家族が雑居していた集会所が無人となっていることに気づいた。かれは、建物の前でしばらく立ちつくしていた。縁故のないかれらには、行くべき場所はないはずだった。

村を追われたかれらは、どこへ行ったのだろう。食糧不足は深刻化し、都会では餓死者さえ出ているという。子供をつれた生活力の乏しいかれらは、死の世界へ足をふみ入れていったのだ、と思った。

祖母の家には、同県人の者が時折訪れてきた。かれらの口から、漂泊民となった沖縄からの疎開者の悲惨な生活がつたえられた。

終戦後、外地から復員してきた沖縄県出身の兵や軍属約十万名が、九州に続々と流れこんできているようだった。かれらは、疎開者の群と合流してあてもなく移動しているという。各県では、学校や旧軍需工場の寮などを使用してこれらの人々の収容につとめているが、それだけでは間に合わず、大半の人々は路頭をさまよっている。駅の近くや橋の下にゆくと、蓆《むしろ》にくるまって身を横たえているかれらの姿を眼にするともいう。

食糧不足に加えて物価の異常な高騰《こうとう》が、かれらに重くのしかかっているにちがいなかった。各地で栄養失調者が激増し、福岡市内では一日平均五十名の餓死者が出たという小さな新聞記事もあった。また沖縄県民の全員玉砕という発表に、父や夫や子も死亡したにちがいないと考え、失意から一家心中する家族が多いという話もつたえられた。

かれらにとって、本土は、異国の地としか思えないだろう。沖縄が日本の都道府県の一県であると思いこんでいたかれらは、それが錯覚であったことに気づいたにちがいない。道路も橋も本土の人々の所有であり、かれらは、沖縄が本土とは全く無縁の島であったことを知ったはずだった。

かれらの間に、故郷の沖縄へもどりたいという声がたかまっているという話もつたわってきた。たとえそこは、人の死に絶えた島であっても、土だけは残されている。その土を、かれらは再び足でふみしめたいのだ。

しかし、かれらの沖縄への帰郷は拒まれた。島は、米軍の占領下にあって、戦略基地の建設にとりかかっている米軍は、県民の復帰を好まないようだった。

その頃になると、沖縄では県民すべてが玉砕したわけではなく、かなりの数の人々が生存しているらしいことが伝えられてきた。疎開者たちの沖縄へ帰りたいという願いは、それによって一層つのり、その熱意が達したのか、終戦後二ヵ月ほどたった十月中旬、アメリカ占領軍からの許可が出た。さらに、それは、積極的な処置に変化して、疎開者をすすんで沖縄へ送還するという指令となった。

その報は、またたく間に九州全土につたわり、疎開者たちは、各地から続々と鹿児島に集ってきた。

六

帰還者をのせた旧日本海軍の駆逐艦が鹿児島港をはなれる時、遠ざかる陸地を甲板上から見つめている人は少かった。その陸地は、いまわしい記憶にみちた土地であり、かれらは、背を向けて艦首方向の海上をながめていた。その方向には、かれらの生れ育った沖縄の島々がある。

駆逐艦の艦内には、可能なかぎりの数の人々が詰めこまれていた。かれらには、コッペパン二個ずつが配布されただけであったが、帰郷できる喜びの色が人々の顔にあふれていた。

儀一は、弟を祖母の家に残して沖縄の縁者をさがすため乗船したが、気分は重かった。一年前、かれは逃避のためこの海を本土へむかい、その間に、学友たちをはじめ多くの者が死んだ。その島に、生きて帰ることが辛《つら》かった。

海は荒れたが、駆逐艦の速度ははやく、翌朝には、早くも水平線上に沖縄本島の島影が淡くうかび上った。

人々は甲板上にひしめいて、接近してくる島を見つめた。島は、かれらの知る島ではなくなっていた。緑におおわれていた島は、錆《さ》びた鉄屑《てつくず》の巨大な堆積《たいせき》のように赤茶けた島と化している。人々は、潮風にふかれながら口をつぐんで立ちつくしていた。

駆逐艦は、島の東方海上を陸地を右手にみながら進んで、中城湾《なかぐすく》に入った。湾内には、アメリカ国旗をひるがえした艦船が数多くうかび、駆逐艦はその間をおびえたように縫っていった。

儀一は、近づいてくる陸地に眼《め》を注いだ。アメリカ軍の宿舎が点々と立ち、白いアスファルト道路が走っている。砲爆撃でたたきならされたのか、かすかな丘の起伏があるだけで土地そのものがひどく平坦《へいたん》にみえ、見知らぬ島のように思えた。

前方に桟橋《さんばし》が近づき、そこに銃を肩にかけたアメリカ兵の姿がみえた。その姿を眼にした甲板上の人々の間に、不安そうな表情がひろがった。かれらは、終戦後九州の各地で駐留してきたアメリカ兵をしばしば見てきた。かれらは、チューイングガムをかみ、トラックやジープを疾走させ、日本の娘を抱きかかえて歩いたりしている。それらは、あくまでも日本人の中にまじった少数のアメリカ兵で恐怖は感じなかったが、眼前の島はアメリカ兵に満ち、疎開者たちはかれらの群の中に入ってゆくことになる。

人々の不安は、陸地に近づくにつれて一層強くなった。男は殺されるかも知れぬと考え、女たちは凌辱《りょうじょく》されるのではないかとおびえた。

艦が、静かに桟橋に身を寄せた。

儀一は、桟橋とそれにつづく海岸にアメリカ兵にまじって背の低い作業服を着た多くの男たちがいることに気づいた。かれには、その男たちが何国人なのか理解できなかったが、ようやく米軍に使役されている沖縄の男たちであることを知った。かれらの中には、笑っている者もいた。米軍の作業帽と作業服を着ているためか、ひどくバタ臭い感じがして一年前まで見なれた沖縄の男らしい表情は失われていた。

人々が艦から桟橋に降りると、待ちかまえていたように、作業衣をきた沖縄の男たちが衣服の中から頭髪までD・D・Tの粉末をふきつけた。男たちの動作は荒々しく、米軍の使役につかわれていることを誇示するような尊大さが感じられた。

頭から足先まで白い粉にまみれた人々が、桟橋から移動して陸地に流れ出ていったが、その流れの先端から嗚咽《おえつ》が起った。抱き合って泣く者もあれば、顔をおおいしゃがみこんでいる者もいる。アメリカ軍に占領され戦火で変貌《へんぼう》した島ではあったが、ともかくもかれらは故郷の土をふみしめることができ、あらためて悲しみが湧《わ》いてきたにちがいなかった。

白い粉末におおわれた人々は、海岸にあふれ、やがて、列をつくるとなだらかな丘の傾斜をのぼっていった。その方向には、収容所にあてられた仮設テントがつらなっていた。

収容された者たちは、翌々日から郷里の町村へ送られることになった。

儀一は、小禄《おろく》に叔父の家があるはずなので、その方向へむかう米軍のトラックに乗りこんだ。

トラックが、砂埃《すなぼこり》をまきあげて走り出した。かれは、荷台から周囲の光景に眼を据《す》えていた。島は、荒々しく掘り起されたように土が起伏しているだけで、艦砲弾の落下した跡なのか地表一面に大小さまざまな穴がうがたれていた。所々に擱坐《かくざ》した戦車が身をかしげ、大砲が横倒しにころがっている。どこをトラックが走っているのか、見覚えのある地形は眼にふれてはこなかった。

丘陵地帯に入って、トラックのエンジンの音が大きくなった。激戦地であるらしく、岩肌《いわはだ》は露出し、樹木は根こそぎにされ、一本の灌木《かんぼく》も立ってはいなかった。トラックが平坦な土地に出ると、道の両側に白いものが見えはじめた。点在しているものもあれば、一個所に寄りかたまっているものもある。それらは、朽ちた衣服の中からのぞく人骨の群であった。

人々は、次々におり、儀一も小禄の元役場前という地点で荷台から土の上におり立った。トラックは、かれの体を砂埃でつつみこむと、さらに南の方向へ走り去った。

かれは、周囲を見まわした。あたりには、赤茶けた土がひろがっているだけで人の姿はない。かれは、放心したように立ちすくんだ。

ここは、叔父の家のあった土地だが、それらしき光景は残されていない。頭の中が、空白になった。無人の土地に、ただ一人投げ出されたようなうつろな気分だった。頭上に太陽が光り、足には土がふれている。が、その土の感触には、故郷にもどったという感慨は湧いてこなかった。

グックス……という言葉が、不意によみがえった。それは、収容所にいる間、アメリカ兵から疎開者の群に投げつけられた言葉だが、その意味を通訳の男にたずねると、男は眉《まゆ》をしかめた。男にもよくはわからないようだったが、それはさすらい流れる黄色人種どもめ、とでもいった俗語らしかった。

グックス……と、胸の中でつぶやいてみた。疎開者たちは、本土で漂泊の生活を強《し》いられた。その本土をはなれて故郷の島へもどってきたが、そこは、アメリカ軍将兵の住みついた島に化している。島は、すでに故郷ではないのだろうか。疎開者たちは、ただ島に漂い流れこんできた人の群にすぎないのだろうか。

足の甲に、動くものがあった。眼を落すと、大きな蟻《あり》が腹部を黒々と光らせて歩いている。かれは、蟻を見つめた。この土地に砲爆弾が炸裂《さくれつ》し、銃弾が濃い密度で交錯しても蟻は逞《たくま》しく生きつづけた。この小禄で生きているのは、自分と蟻だけかも知れぬ、と思った。

背後に人の気配がした。ふり向くと、うがたれた穴の端に一人の少年が立っていた。その頰《ほお》がゆるむと、

「ギー兄ちゃん」

と、言った。

儀一は、無言で少年の顔を見つめた。叔父の子であった。

「やあ」

儀一は、かすれた声で言った。

従弟《いとこ》の後について、土手のような所を越えると左方に丘がみえた。そこには、アメリカ軍から払下げられたらしいテントがつらなっていて、一つの集落が営まれていた。

「よく帰ってきたな」

と、叔父は言った。

叔父は、住民兵として戦場を走りまわっているうちに、片腕をアメリカ兵に射《う》たれて捕虜になった後、腕の付け根からメスで切り落された。叔母は、二人の子供とともに行方《ゆくえ》がわからなくなっているという。

母と妹が死んだらしいことを告げると、叔父は、

「そうか」

と、言っただけで口をつぐんだ。

やがて、夕食がはじまった。叔父は、

「少しはにぎやかになった」

と、かすかに頰をゆるめた。

その夜は、満ちた月がのぼった。テントの外に出ると、丘の起伏にそってテントがつらなっているのがみえた。かれは、この土地で自分の新たな生活がはじまるのだ、と思った。

従弟と毛布にもぐりこんだ時、遠くで金属の板をたたくような音が起った。それに応ずるように同じような音が起って、やがて近くのテントからも、金属板を乱打する音が騒々しくしはじめた。

儀一は、異様な音をいぶかしんで半身を起した。起き上った叔父も片手でバケツを勢いよくたたきはじめ、紐《ひも》のついたバケツを首からかけ、棒でたたきながらテントの外へ出てゆく。儀一は、従弟にならってズボンを素早くはくと外に出た。

金属板を打つ音があたりに満ち、月光の下を人影が一定方向に走ってゆく。

「なにが起ったのだ」

儀一が足を早めながら言うと、従弟は、

「アメリカ兵だ。女を犯しに来ている」

と、ふるえを帯びた声で言った。その横顔には、ひどく大人びた表情がうかんでいた。

遠くのテントの傍《そば》で、大声でわめく数人の人影がみえ、その周囲に金属板をうつ音が集っていた。

儀一は、威嚇《いかく》するように大きく手をふり声をあげている黒人兵をみた。ピストルを手に、追いはらうような仕種《しぐさ》をしている白人兵もいる。傍にジープがとまり、日系らしい米兵が運転台に坐《すわ》って缶《かん》入りのビールを傾けていた。

かれらを遠巻きにして、二十名ほどの男たちが無言でバケツやトタン板をたたいている。人の数は増して、音が一層たかまった。

米兵たちの口から、時々「グックス」という言葉が吐かれた。「グックスィー」と叫ぶ者もいる。笑っているのか怒っているのか、黒人兵の口から白い歯列がむき出しになっていた。

諦《あきら》めたのか米兵たちは、わめきながらジープに身を入れた。日系米兵が、ビールの空缶を投げつけてきた。かれらは、拳《こぶし》をふりながらジープに乗って遠ざかっていった。

音がやみ、深い静寂があたりにひろがった。傍のテントの中の女が犯されたのか、それとも直前に防ぐことができたのか、儀一にはわからなかった。

人々は、ひっそりとしたテントを無言でとり巻いて立っていたが、一人が歩き出すとそれにつれて他《ほか》の者たちもテントの傍からはなれてゆく。儀一は、バケツを首にさげた叔父の後について歩き出した。集落の者たちは、ただ金属板をたたくことによって抗議の姿勢をしめしている。米兵が武器をもっているだけに、それは死を賭《と》した行為にちがいなかった。

かれは、バケツを首から吊《つる》した叔父の姿が惨《みじ》めに思えた。島は自分たちの生れ育った土地であるのに、アメリカ兵が意のままにふるまう地になっている。

テントにもどると、叔父は、黙ったままバケツを首からはずし床に腰を下した。儀一は、毛布の中に身を横たえた。重苦しい静寂の中に、虫の鳴く音がきこえていた。

翌日の夜、金属板をたたく音は起らなかった。が、道路の方向をジープらしい自動車の音が何度かすさまじい速さで通り過ぎるのを耳にした。

夜が明けた。

かれは、握り飯を手に、

「摩文仁《まぶに》へ行く」

と、叔父に言ってテントを出た。

前夜、かれは、叔父から戦闘の概要をきいた。沖縄の住民たちは、守備隊の残存将兵たちとともにアメリカ軍の攻撃にさらされながら、南へ南へと後退をつづけ、遂に本島南端の摩文仁海岸に圧縮された。それでも降伏をこばむ守備隊と同行していた避難民たちは、アメリカ軍の銃砲弾や火焔《かえん》放射器の炎を浴び、上空からの銃爆撃にさらされながら抵抗をつづけた。そのため多くの者が死者となったが、さらに手榴弾《しゅりゅうだん》を発火させたり崖《がけ》からとび下りて自決する者も相ついだという。

「学徒たちもその中にまじって……」

儀一は、思いきってきいた。

「そうだ。学校の生徒たちはよくやったよ」

叔父は、呟《つぶや》くように答えた。

学友たちの顔が思い起された。陽気な友人もいたし、粗暴な生徒もいた。が、かれらの大半は、銃火にさらされて戦死したり自決したりしたのだ。摩文仁へ行くのがためらわれた。が、その地を訪れなければ、これから生きてゆけそうには思えなかった。

太陽は、まばゆい光を投げかけていた。土地は、盛り上った土と穴がつらなっているだけで道もない。村落らしい所を通ることもあったが、瓦《かわら》やくずれた塀《へい》があるだけで人の気配はなく、乾いた土のひろがりがあるのみだった。

所々に砂糖黍《さとうきび》や雑草が生いしげっている個所があった。近くを通ってみると、そこには必ずと言っていいほど白骨化した死体が寄りかたまっていた。やがてかれは、植物と死体との組み合わせの意味を理解することができた。死体は、腐爛《ふらん》し白骨化してゆく過程でさまざまなものを土にしみこませた。それは土壌《どじょう》の養分となって、植物の根をはらし、茎をのばし、葉をしげらせているのだ。

低い山が見えてきた。岩山と化していたが津嘉《つか》山で、南方に摩文仁があるはずだった。

砂糖黍や雑草のまだらな繁《しげ》りが増し、かれは、山を左手にみながら歩きつづけた。遠い道だった。テントを出てから五時間は経過していた。

前方に、岩肌の露出した丘が近づいてきた。足をとめ、高みを凝視した。陽光にさらされた岩肌には、砲爆弾の刻みつけた白っぽい筋が交叉《こうさ》し、岩片が傾斜面一帯に砕け散っている。それは、風光の美しさで知られていた摩文仁の丘陵であった。

かれは、身をかたくして丘に近づき、岩と岩の間をのぼりはじめたが、すぐにそれが人骨のひろがる丘であることを知った。女のものらしい骨格の背に、小さな人骨が縄《なわ》で背負われている。ふとんをかぶって手榴弾を発火させたのか、破れたふとんの間から環《わ》のように散った人骨もある。所々に鉄兜《てつかぶと》、飯盒《はんごう》、銃剣がころがっていた。

かれは、口中の激しい渇きを意識しながら丘の頂きに立った。海が、前面にひろがった。海は、美しい色をたたえて輝いていた。それは、儀一の知っている故郷の海の色であった。海だけが、戦火にも損われずに生きている、と思った。

崖づたいに砂浜におりると腰をおろし、海と対した。浜にも、無数の人骨が横たわっていた。かれは、虚脱した眼で、海をながめた。摩文仁は、死者の骨でおおわれている。気の遠くなるような静寂が、あたりにひろがっていた。

自分の体が、散乱した人骨と化してしまったような錯覚にとらえられた。生きているものは、丘にも海岸にもいない。そこは、死者の骨のみが棲《す》む場所なのだ。かれの体は、化石のように動かなかった。

日が傾き、海面に西日がかがやいた。水平線に競い合うように立ち並ぶ雲の峰が茜《あかね》色に染まりはじめた。

かれは、砂をひとにぎりつかむと腰を上げ、崖を這《は》い上った。眼の前に、眼窩《がんか》の深くぼんだ白骨化した死体が夕照に染った空を仰いでいる。モンペの破れ目から、白い粉をふいたような骨がのぞいていた。

人骨をさけながら丘を下り傾斜をはなれた頃《ころ》、夜の色があたりにひろがり、空の一角に月の淡い輪廓《りんかく》がうかび上った。かれの内部に、わずかな変化が起っていた。海の輝きと、華やかな夕照が、胸の中によみがえった。足裏に感じられる土は、たとえ島が異国の将兵の支配をうけていても、故郷の土であることに変りはない。

空腹感が、不意に湧いた。包みをひらくと握り飯をつかんだ。顎《あご》を動かしながら歩いた。体の中に、生命感に似たものが湧いてきた。

前方に、津嘉山の影が浮び上った。あの岩山の傍を通りぬけて北へ歩けば、叔父のいる小禄へ行けるのだ、と当然なことを一つの発見でもしたように思いながら足を早めた。

（「展望」昭和四十五年十一月号）

珊《さん》瑚《ご》礁《しょう》

脱出

一

家族の後から山麓《さんろく》にうがたれた防空壕《ぼうくうごう》を出た義明《よしあき》は、眼《め》の前にひろがる光景に立ちつくした。

自分の家や小学校のあるガラパンの町に、炎がさかまいている。ゆるやかな斜面の下方から、激浪の押し寄せるのに似た音がとどろき、壮大な炎がふきあがっていた。炎の所々に渦《うず》が生じ、それが移動しては他の渦と乱れ合う。おびただしい火の粉が、金粉を撒《ま》き散らしたように空をおおっていた。

町は、炎におおわれていたが、背後にみえる海と空は、眼になじんだままのものであった。空は鮮やかな茜《あかね》色にそまり、町の炎ときらびやかな色と光を競い合っている。海は夕照に輝やき、浅い海のかなたの長くつづく珊瑚礁に白波が立っていた。その海はかれが好んで足を向ける遊び場で、彩《いろど》り豊かな小魚の群が鱗《うろこ》をひらめかせて足もとをかすめ、さまざまな形と色をした貝類も白い砂地に棲《す》みついている。干潮の折りには、珊瑚礁のあたりまで歩くこともしばしばだった。

海と空がいつも眼にするままであるのに、町だけが姿を変えていることを奇異に感じた。

その日は日曜日で学校の勤労奉仕もなく、家で昼食をとり終った頃《ころ》、警戒警報が発令され、つづいて空襲警報のサイレンが鳴りわたった。前年の秋に燈火管制が実施され、年が明けてから警戒警報が時折り発せられるようになり、二月下旬と四月中旬には敵機が飛来した。が、それらは拡張工事中の飛行場その他に数個の爆弾を投下しただけで去った。かれは、その日の空襲も過去二度の空襲と同じ程度のものにちがいないと考え、姉夫婦の住む南洋庁サイパン支庁の官舎の近くに設けられた防空壕に家族とともに入った。

しかし、その日の空襲は、今までのそれとは異っていた。爆弾の落下音と地ひびきが長時間つづき、機銃掃射の音もきこえた。壕は自然洞穴《どうけつ》を利用したもので、直撃弾をうけぬかぎり破壊されるおそれはなく、不安を感じることはなかった。壕内の平坦《へいたん》な部分には畳がしかれ、電線が張られていて裸電球が所々にともり、二百人近い人々が身をひそめていた。かれらは壕にとじこもっていたが、入口の近くにいる在郷軍人の男が、時折り状況をうかがうため外に出た。男は、町に煙が立ち昇っていると言い、つづいて各所に火の手があがっているとつたえた。

やがて銃爆撃と高射砲弾の炸裂音《さくれつおん》が絶え、義明は、人々とともに蒸し暑い壕から外に出た。

日没とともに一層華やかさを増した炎のひろがりに、かれは、自分が戦争という時間の中に身を置いているのを感じはしたが、生命の不安におそわれるというような緊迫感は淡かった。サイパン島は、本土から二千キロ以上もはなれた太平洋上にあり、敵機が飛来するのは自然で、いつかは町も焼きはらわれる日があるだろうと予測していた。戦場に近い地理的条件が逆に緊張感を失わせ、町が焼けていることも、規模の大きい火災事故のようにしか感じられなかった。

そうした意識は、十一歳の義明だけのものではなく、大人たちにも或《あ》る程度共通しているようだった。かれらは、町をおおう炎に悲痛な声をあげて立ちつくしていたが、夜の色がひろがりはじめた頃には平静さをとりもどし、一部の男たちが支庁の裏手にある倉庫から食糧をはこび、女たちが中心になって炊出《たきだ》しをはじめた。最高平均気温三十一度、最低二十四度という四季の別ない穏やかな気象と美しい風光に接してきたかれらは、いつの間にか物事を深刻に考える習性を失っているのかも知れなかった。冬の冷たいすき間風や夏の陽光の熱を遮蔽《しゃへい》する必要もない家は、トタン葺《ぶ》きの安直な建物で、それを失ったとしても、わずかな資金と短い日数で建て直すことができる。島は資源に恵まれ、生活の資を得ることも容易だった。

夜空は炎の反映で朱に染り、地表は驚くほどの明るさだった。火勢はさらに強まり、風が起って炎が激しくなびき、渦の数も増している。

義明は、茣蓙《ござ》の上に坐って炎をながめながら配られた握り飯をほおばり、母親のあけてくれた缶詰《かんづめ》の煮魚を食べた。


戦争の気配は、ゆるやかにきざし、徐《おもむ》ろに色濃いものになっていった。

開戦を告げるラジオ放送は、人々を驚かせたが、その直後に二二〇キロ南方のグアム島の無血占領をはじめ、近くに点在するアメリカ軍の駐屯《ちゅうとん》する島々が日本軍の支配下におかれ、島の安全度が確保されたことに安堵《あんど》を感じていた。

義明は、島の東部にあるチャッチャ村の家から西海岸にあるチャランカノアの町の国民学校へ四キロの道を往復していたが、道の両側には、島の最大の産物である砂糖《さとう》黍《きび》の逞《たくま》しく育つ畠《はたけ》がつづき、収穫期には砂糖黍を満載した牛車が路上を往《ゆ》き交《か》った。それらは、島内の農場を環状に走る軽便鉄道のガソリンカーで、チャランカノアの町に設けられた南洋興発株式会社の工場に運ばれ、精製されて本土へ送られていた。

義明の父は、五エーカーの砂糖黍畠を所有し、小作人に栽培を託していたが、開戦の翌年、島の中心地で南洋庁支庁もあるガラパンの町に住居を移した。その頃は島に将兵の姿は稀《まれ》で、時折り港に軍艦が入ったり、水上偵察機《ていさつき》が飛ぶだけであった。

島に千名近い将兵が上陸してきたのは、前年の昭和十八年秋で、防空陣地が各所に設けられ、義明の家の裏手にも二基の高射砲が据《す》えられた。守備隊は陸戦隊で、畠などで機関銃を手に走っては伏す訓練を繰返し、義明たちは物珍らしげに見物した。年が明けると、新たに将兵が島にやってきて、公共の建物を兵舎にし、義明の学校も校舎の半ばが病舎にあてられた。兵器とともに多量の食糧その他が運びこまれ、一般人もその恩恵をうけて生活物資はより潤沢になった。

島の者たちがわずかに動揺をみせたのは、その年の二月下旬の艦載機による初空襲であった。被害は軽微であったが、人々の中には島を去って内地に帰りたいと言う者もいた。島よりもさらに遠い太平洋上にあるとは言え、前年の五月にアッツ島、十一月にタラワ、マキン島、年が明けて二月初旬にはクェゼリン、ルオット島の守備隊玉砕がつたえられ、わずかながらも不安をいだく者がいたのだ。

その希望は支庁から守備隊司令部につたえられ、司令部は、島の防衛上、約二万名にのぼる邦人の数を少しでも減らすことが貯蔵食糧の確保につながるとして、それを許可した。ただちに希望者が募られたが、予想以上に数が多く、支庁では公共機関の家族を優先し、他《ほか》は六十歳以上の老人と婦女子に限定して受け入れ、二隻《せき》の船を用意した。

三月三日、亜米利加《アメリカ》丸に公共機関関係の家族約五百名、さんとす丸に一般邦人約千名が乗船し、盛大な見送りをうけて出港していった。が、数日後、亜米利加丸が、三月六日に硫黄島《いおうじま》沖で潜水艦の雷撃をうけて沈没、全員が行方《ゆくえ》不明になったという報《しら》せが入った。島では、支庁主催の合同慰霊祭を営み、義明もクラスの者たちとともに教師に引率されて参拝した。

この沈没事故は、内地へ帰ることを望んでいた者たちの気持を萎《な》えさせた。かれらは、すでに内地との間にひろがる海が、敵の潜水艦の行動する海域になっていて、無事に内地へたどりつく保証はないことを知ったのだ。

それを裏づけるように、同じ三月六日に上陸してきた将兵の口から、かれらの乗った輸送船が雷撃によって撃沈されたこともつたえられた。多数の者が行方不明になり、駆逐艦に救助された者たちが島にたどりつくことができたが、武器も軍装も失い、裸同然の者すらいた。その後からは、おびただしい負傷者の群が、人の肩に支えられたり担架にのせられて岸にあがってきた。繃帯《ほうたい》で全身をおおわれている者、重油で顔や手足が黒く焼けただれた者などが多く、中には足の断たれた者もいた。負傷者は、国民学校などに収容され、治療をうけた。

かれらの姿に、内地への帰還希望の声は少くなり、半ば諦《あきら》めの空気が濃くなった。

三月中旬、新たに戦車中隊をふくむ陸軍部隊が到着、島民であるチャモロ族の児童に日本語その他を教えていたガラパンの公民学校と武徳殿が接収され、司令部が置かれた。その頃から海岸線をはじめ各所に陣地壕の構築がはじめられた。島の至る所にある自然洞穴を利用する以外に、石灰質の山肌《やまはだ》をダイナマイトで爆破し、鑿岩機《さくがんき》を使用して横穴式の壕が作られたりした。

また、アスリート飛行場の拡張工事もおこなわれ、在郷軍人、青年団、南洋興発株式会社の社員が勤労奉仕をし、義明ら国民学校児童もそれに加わった。義明たちは、海岸の砂をバケツに入れ、手送りをして飛行場の工事現場に送ることを繰返した。時折り、海浜の砂の中から白骨がのぞいて義明たちを驚かせたが、教師は、島がスペイン領であった頃起った米西《べいせい》戦争で死亡した者の遺骨だ、と教えてくれた。

島には、グアム島その他に派遣される将兵を乗せた輸送船がしばしば寄港したが、五月中旬には、出港した輸送船四隻のうち三隻が潜水艦によって撃沈され、救助された将兵が護衛艦によって島に送りかえされてきた。それ以後、人々の間に残っていた内地へ帰ることを望む声は絶えた。

守備隊の増強と陣地構築で、人々は、戦局が緊迫化していることを察してはいたが、戦場はまだ遠く、島が戦火にさらされることなど想像もしなかった。それは、守備隊員の表情にもあらわれていて、日曜日には外出した兵たちで町はにぎわった。

作物の生育は例年になく良く、食糧は十分だった。ただ、一般人の二倍にも及ぶ将兵が島に駐屯したことで、飲料水の確保が深刻な問題になっていた。二月から四月までの乾季には、島の東部のドンニイにある水源地附近の川にわずかな量の水の流れがみられるだけで、他に水源はない。そのため、軍は、守備隊を派遣する以前に井戸掘り職人で編成した工作部隊を地質学者とともに島へ赴かせ、さかんに試掘をおこなったが、水の湧《わ》く個所はなかった。

島に住む者たちは、屋根から樋《とい》に流れる雨水をタンクに貯《たくわ》えて使用していたが、守備隊もドンニイの水源地からの配水だけでは足りず、天水に多くを頼った。司令部は、各部隊に厳重な節水規則を通達した。

水不足には悩まされたが、島の生活は平穏だった。七月からはじまる雨季も近づき、人々の表情は明るかった。

そのような折りに、多数の艦載機が来襲し、ガラパンの町が焼きはらわれたのだ。

二

発電所は類焼をまぬがれたらしく、壕の中には裸電球がともっていた。

国民学校で顔なじみになっている者も多くいて、義明はかれらと笑いをふくんだ眼を向け合い、短い言葉を交した。他の家族たちと夜をすごすことが楽しくも思えた。人々は、夜おそくまで起きていたが、やがて寝仕度をはじめ、義明も母の傍《そば》に身を横たえた。洞穴の天井に灯《とも》った淡い電球の周囲に、小さな羽虫が群り舞っている。その灯《ひ》を見上げているうちに、かれは深い眠りの中に落ちていった。

人声に眼をさましたかれは、壕の入口の方から機銃掃射の鋭い音がきこえているのに気づいた。かれは、身を起した。夜が明けていて、壕の入口は明るくなっていた。壕の中にいる者たちは、無言で壕の入口に眼を向けていたが、前日につづいて反復されている敵機の来襲に顔の表情はかたかった。

町を焼きはらった敵機の攻撃目標は山麓方向に移されているらしく、爆弾の落下音が近くでし、その度に壕内の空気は震動した。壕の外に出る者はなく、状況は不明だった。

銃爆撃の音が絶えたのは、午前十時近くであった。深い静寂が訪れ、人々は顔を見合わせていたが、そのうちに男たちが壕の外をうかがいながら出ていった。

父と義兄が立ち上り、義明も母の後について壕の外に出た。

空は澄み、海は明るく輝いていた。町をおおっていた炎は鎮《しず》まり、熾火《おきび》に似た炎が、陽光を浴びてセロファンのような透き通った光をちらつかせているだけだった。家並の消えた町が、ひどく狭いものに感じられた。

支庁には弾痕《だんこん》がきざまれ外壁の一部が崩れ落ちていたが、空をしばらくの間見まわしていた男たちが敵機が去ったと判断したらしく、斜面をくだって支庁の裏手にまわり、食糧の入った箱をかついできた。義明は、配られた乾パンと缶詰の鯨肉を食べた。人々は、家族ごとに寄り集って坐り、空を見上げたり海に眼を向けたりして口を動かしていた。

敵機がいつ飛来するかわからず、壕の近くをはなれることは危険だったが、何人かの男たちがゆるい斜面を町の方にくだって行き、一時間ほどしてもどってきた。かれらは、四キロ南方のチャランカノアから海岸線を北へむかう民間人の一団に会ったが、チャランカノアの町も焼きはらわれ、製糖工場が黒煙につつまれていることをきいたという。さらに飛行場の飛行機が銃爆撃で炎上し、高射砲、高射機関銃の大半が破壊され、海岸方面でかなりの死傷者が出たという話もつたえられた。

人々は、うつろな表情でそれらの話をきいていた。

その日の夕方、発電所の機能が失われたらしく電燈は消え、蠟燭《ろうそく》がともった。人々は口数も少く、早目に横になった。寝息が所々で起りはじめ、かれも眼を閉じた。眠って間もなく、荒々しく体を揺すられているのに気づいた。手をひかれ、立たされた。かれには、なにが起ったのかわからなかった。

壕の中は騒然とし、蠟燭の灯に人々が壕の入口にむかって動いているのがみえた。かれは、人々の後について歩いた。「上陸」という声が、きこえた。

町の炎は消え、冴《さ》えた月が夜空にかかっていた。かれは、父たちとともに山麓の斜面をのぼっていった。

前後を歩く人々の間で交される短い言葉に、ようやく事情を理解することができた。かれが眠っている間に、突然のように敵が島に上陸するかも知れぬという話が流れた。それがだれの口からもれたのかは不明であったが、二日つづきの空襲がそのような予感をいだかせたのだろう。上陸してきた場合、海岸に近い壕にいることは危険だという声もあがって、かれらはあわただしく立ち上り、壕の外に出たのだ。

「まさか、そんなことはないさ」

長身の父は繰返しつぶやいていたが、斜面をのぼることはやめなかった。

密生した相思樹《そうしじゅ》の林の中に入った父は、人々の後から細い道を歩いてゆく。樹葉が生い繁《しげ》り入り組んだ蔓《つる》が幹や枝にからみついていて、月光は梢《こずえ》を明るませているだけであった。

道が分岐する度に、人の数は少くなった。前方に大きな岩がみえ、傍に黒々とした穴がひらいていた。父は、その前で足をとめ、家族をたしかめるように見まわした。母、子供を抱いた長姉、その夫、次姉と義明の七名の家族であった。

父は、先に立って穴の中に入っていった。次姉が背負ったリュックサックから蠟燭を取り出し、マッチで灯をともした。穴の中は八畳間ほどの広さで平坦になっていた。家族が身をひそめるのには恰好《かっこう》な洞穴で、父は周囲を見まわしながら腰をおろした。

義明は眠気に堪えられず、母がひろげた毛布の上に横になった。キャーキーと名づけられている野鳥の、特異な鋭い啼声《なきごえ》とともに羽ばたく音がきこえた。かれは、眼をとじた。

翌日も夜明けとともに敵機が来襲したが、海岸方面を攻撃しているらしく、その音は遠かった。時折り、かすめるような飛行機の通過音がし、その度に洞穴の外に生い繁る相思樹の樹葉が激しく揺れた。

やがて爆音が絶えたが、しばらくすると炸裂音がきこえはじめた。それは遠くで太鼓をうつのに似た音であったが、次第に近づくと、また去ってゆく。そのうちに空気の層を引き裂くような落下音につづいて、轟音《ごうおん》とともに洞穴が揺れた。

母や姉たちは、おびえたように眼を洞穴の入口に向け、義明も体をかたくしたが、恐れることはないのだ、と自らに言いきかせていた。兵たちが防空壕を築くのをしばしば眼にしたが、ダイナマイトの発破をかけても石灰質の土は表面しか砕けず、壕づくりは困難をきわめた。石灰質でかためられた洞穴が、一発や二発の爆弾で破壊されるはずはなく、穴の中に身をひそめていれば死ぬことも傷つくこともない、と思った。父と義兄の落着いた表情も、かれの不安をやわらげた。父たちも洞穴の強固さを知っていて、身の危険はないと考えているようだった。

午後、顔見知りの酒屋の若い男が洞穴の中に入ってきた。愛想のよい男は別人のような険しい眼をして、

「艦砲射撃だ」

と、つぶやくように言った。

父は、飛行機の爆音もせぬのに炸裂音がしている現象をはじめて理解したらしく、カンポウか、と言った。

「軍艦が島を包囲している」

男は、洞穴の壁に背をもたせて坐った。

父は、黙っていた。

日が傾いたらしく、洞穴の外の陽光が薄れはじめた。砲弾の落下音が少くなり、やがて消えた。

父が、

「この洞穴は、海にむかって開いている。砲弾の直撃をくらう恐れがあるから、山の奥へ入ろう」

と言って、リュックサックを手に立ち上った。

母が毛布をたたみ、義明は姉たちとともに外へ出た。男は、壁にもたれて眼を閉じていた。

路《みち》に出ると、山中の陣地から海岸方向へむかう兵の一団がおりてきた。銃や機関銃の油の匂《にお》いと皮革の匂いが、かれの傍を過ぎた。その匂いに、多くの将兵が島を守護していることを感じ、かれらの姿を父たちとともに見送った。

父が、足を早めて歩き出した。再び海岸方向で砲弾の落下音がしはじめた。梢からのぞく空には、華やかな夕照の輝やきがひろがっていた。

硝煙の臭《にお》いが流れてきた。左前方の地点に砲弾が落下して間もないらしく、パパイヤの樹《き》がなぎ倒され裂けた木肌が露出し、白い煙がただよっている。かれはそれに眼を向けながら小走りに歩いていったが、横たわっている物にのめりそうになり、踏んで越えた。柔い異様な感触が、運動靴《ぐつ》の底に感じられた。振り向いたかれの眼に、鋭利な刃物で斬《き》り落されたような首の切断面が映った。片手も付け根から失われている。不思議にも血はほとんど流れ出ていなかった。

背筋が瞬間的に凍りつくような感覚におそわれた。かれは、頭部のない死体を眼にして、この地表に想像もつかぬ現象が起っていることを初めて理解した。銃爆撃や砲撃は音響だけのものであったが、それが人間の体を断ち切り、ひきちぎることを目的としたものであることを知った。

かれは、歩きながら自分をとりまく世界が急に形を変えているのに気づいた。歩いている自分の体は生きているが、それが一瞬の間に動かぬ物体になることもある。生と死との境目が、きわめて曖昧《あいまい》なものになっているのを感じた。

父が、切り立った岩肌のかげにまわると、くぼみの中に身を入れた。義明は、小走りに父の傍に身を寄せた。

夜間も艦砲射撃がつづいていたが、夜明けとともに激しさを増した。

将兵はすべて海岸方面に移動したらしく、陣地壕《ごう》にも姿はなく、一般人が入りこんでいた。義明も父たちと壕に入ったが、近くに砲弾が落下し、人々はあわただしく壕からはなれ、義明たちも父とともに岩かげを伝わって歩いた。

義明は、父に鋭い勘のようなものがそなわっているのを感じはじめていた。動物的本能に近いものなのか、その日、危険だと言って小さな洞穴をはなれた直後、その穴に直撃弾が炸裂した。かれは、父と行を共にしていれば死ぬこともあるまい、と思った。

砲弾の通過音と炸裂音が体をつつみ、鼓膜は麻痺《まひ》していた。樹林は所々焼け、樹木が倒れている。砲弾の当った岩肌は白くなっていた。

その日の夕方、異様な情景を眼にした。岩かげづたいに山の斜面をのぼっていた義兄が、足をとめると短い声をあげた。

義明は、義兄の視線の方向に眼を向けた。海がみえたが、眼になじんだ海ではなかった。岸からつづく浅い海は夕照に輝やき、珊瑚礁《さんごしょう》には波が立っていたが、その後方に黒々とした鉄の構造物が鎖のようにつらなっていた。大小さまざまな艦艇が重り合うように並んでいて、海は艦艇に占められ、わずかな隙間《すきま》に海面がのぞいているだけであった。艦艇の群に青白い光が点々とひらめくが、砲弾を発射する砲口の閃光《せんこう》にちがいなかった。

物量をたのんで、という言葉が、思い起された。艦の燃料、連続的に発射される砲弾、多数の乗組員の消費する物品は尨大《ぼうだい》なもので、物量と呼ぶにふさわしい。

かれは、艦艇の群に立ちすくみ、激しい威圧感をうけたが、同時に少し大袈裟《おおげさ》すぎるような可笑《おか》しさに似た感慨もいだいた。たとえ日本軍守備隊が陣地を構築しているとは言え、南北に二〇キロ弱、最大幅東西九キロ強にすぎない島を攻撃するのに、艦艇の群は余りにも多すぎる。島には、不釣合《ふつりあい》な艦艇の数に思えた。が、敵が大兵力を動員してきているのは、島の守備隊の戦力に畏《おそ》れをいだいている証拠で、そのような将兵に守護されていることに心強さと誇らしさを感じた。

かれは、父にうながされ、義兄たちの後を追って斜面を這《は》いのぼっていった。

避難してきている者たちの間には、さまざまな話が流れていた。海岸方面の状況をつたえるものが多く、敵の攻撃目標は海岸線一帯に構築された陣地に向けられ、砲兵陣地の一部が潰滅《かいめつ》したが、将兵の士気はきわめて高いという。

情報の中には、敵が上陸中という話も混っていたが、翌日の午後には、チャランカノアの海岸に上陸したことがつたえられた。それは、チャランカノア方面から避難してきた者たちによってもたらされたもので、激しい艦砲射撃の支援のもとに敵兵が上陸したという。それを裏づけるように、上陸用舟艇の群が無数の航跡をひいてチャランカノアの海岸に殺到するのを、高台から望見したという話も耳にした。

さらに、それまでほとんど沈黙を守っていた守備隊の砲兵陣地が、一斉《いっせい》に砲口をひらいて火力を集中、多数の上陸用舟艇を四散させ、上陸地点にも大きな損害をあたえているという情報もあった。

敵の上陸は最も恐れていたことであったが、義明の周囲の者たちの間には、際立《きわだ》った動きはみられなかった。相つぐ空襲と昼夜の別ない艦砲射撃で、それを或る程度予測し、また、それまでにしばしば耳にした上陸をつたえる流言に感覚が麻痺していたためかも知れなかった。

上陸作戦の開始は、住民の避難していた山間部に思いがけぬ平穏をあたえた。敵の攻撃は、主としてチャランカノア方面に集中し、山間部に飛来する砲弾は絶えていた。

夜、かれは、父たちとともにチャランカノア方面を彩《いろど》る光景を山腹からながめた。空に流星に似た火閃がおびただしい筋になって飛び交い、地上一帯に沸き立つような青白い光が散り、朱や黄色い炎もあがる。海には発砲の火が絶え間なく湧《わ》き、その光で艦艇の群が青白く浮び上り、信号燈らしい燈火のあわただしい点滅もみられた。

かれは、飽きることなく華麗な夜景を見つめていた。

砲弾の落下におびえることもなくなったので、人々は大胆に動きまわっていた。山《さん》麓《ろく》や山中には、所々に軍の食糧その他の貯蔵所があって、義明も父たちとともにその場所におもむき、青年団の男から米、芋、缶詰、調味料などをわけてもらい、リュックサックに入れた。また、父と義兄は、山麓の無人の民家に入って一升瓶《いっしょうびん》と薬缶《やかん》を探し出し、貯水タンクの水をくんで持ち帰ってきた。雨季はまだやってこず降雨に悩まされることもなく、義明は、自分が山中の生活に少しなれはじめているのを感じていた。

夜は、上陸地点をながめるのが習わしになった。守備隊の夜襲が反復され、いちじるしい効果をあげていると言われていた。海上からの火閃と地上での曳光弾《えいこうだん》が入り乱れ、時にはかなり激しい爆発が起り火炎がふき上るのがみえた。攻防は一進一退を繰返しているようだったが、日がたつにつれて敵の火力の注がれる地域が、少しずつ海岸線から平野部に移ってきているのが察しられた。

敵が上陸してから七日後の早朝、兵の一団が義明たちのいる洞穴《どうけつ》の近くの無人の陣地にもどってきた。兵たちは、半裸になって迫撃砲を押し上げて陣地に据《す》え、パパイヤの枝葉でおおった。

男の一人が下士官に近づき、遠慮がちに戦況についてたずねた。住民たちは、下士官のまわりに集った。

義明は、下士官の口からもれる言葉とその表情に気分が軽くなった。下士官は頰《ほお》をゆるめながら、

「夜襲はわれわれの得意な戦法だから、押されてもすぐに押し返すよ」

と、淡々とした口調で言った。他の兵たちも、明るい眼をこちらに向けていた。

かれらは、砲を置くと山の斜面をくだっていった。

その夜、チャランカノア方面に今までよりもさらに多くの火閃が飛び交い、おびただしい光が夜空に打ちあげられた。それは照明弾で、青白い光を放ちながらゆっくりと下降してゆく。地上は明るく、銃砲撃の音が轟音《ごうおん》となってきこえてくる。地上一帯に隙間なくひらめき炸裂《さくれつ》する光と炎に、生きている人間のいることが信じられなかった。

翌日、守備隊の最大の夜襲が、前夜におこなわれたことを知った。戦車隊がそれに加わり、砲兵も砲撃を集中し、敵にかなりの被害をあたえたが、敵の主力陣地を壊滅させるまでには至らなかったという。

その日の午後、山中に明るい話が口から口につたえられた。連合艦隊が、島を包囲している敵艦船を撃滅するため接近中で、空母群も出撃し、航空兵力の攻撃も近いと

いう。その話は守備隊からのものだというが、日本の軍の中枢部《ちゅうすうぶ》が島への敵の上陸を傍観しているはずはなく、十分に確度の高い情報だと考えられた。

人々の表情はやわらいでいたが、夕方、多くの者たちの目撃した光景がつたえられ、歓声をあげる者もいた。午後五時頃《ごろ》、東方海上の艦艇の群から夕空が黒くなるほど対空砲火があげられ、その間をあきらかに日本機と思える飛行機が飛ぶのをみた。その折りに、敵艦船から大きな水柱があがり、炎が立ちのぼるのも望見できたという。それは、日本の海上兵力の攻撃が開始されたことをしめすものに思えた。

しかし、地上の攻防戦は日本軍が徐々に後退しているらしく、翌日の夜、山中に移動してきた多くの将兵の姿を眼にした。かれらは、陣地を整備し、再び山の斜面をおりて行ったが、負傷した兵をのせた担架もつらなってのぼってきた。

その夜、艦から発射される砲弾は、海岸からはなれた平野部と南方の丘陵の麓《ふもと》に注がれていた。住民たちの間に、前日の夜襲は日本軍にも大きな損害を強《し》い、戦車の大半が失われ、敵の進出を許したという話が流れた。

義明は、そのような話をきいている父や義兄の表情をひそかにうかがっていた。自分をとりまく情勢がどのようになっているのかを、父たちの表情で知ろうとすることが習性になっていた。

父たちの顔には、これと言った表情はみられず、義明にはいずれとも判断がつきかねた。かれは、父たちの平静さを失わぬ態度に救いを感じていたが、母の眼を見るのは恐しかった。そこには濃い不安の色がうかび、落着きなく眼をしばたたいていた。時折り、家族に連れられた同級生に会うことがあった。かれらは、薄汚れた顔にかすかに笑いの色をうかべてはなれていった。

翌朝、眼をさましたかれは、洞穴の外で人声がしているのに気づいた。父たちの姿はなく、母が入口から顔を出して外をうかがっていた。

起きると、洞穴の外に出てみた。夜の間に移動してきたのか、思いがけず多くの将兵がいるのを眼にした。斜面を行き交う者もいれば、岩かげに機関銃を据えている者もいる。迫撃砲の据えられた近くの陣地には多くの兵がいて、立って煙草《たばこ》をすっている将校の姿もみえた。

砲弾の炸裂音が、新たに山麓の方向からきこえていた。

義明は、洞穴の中で父たちと乾パンを食べ、一升瓶の水を空缶に入れて飲んだ。兵が山中に入ってきたことは、かれらが山間部に撤退し、やがて附近一帯が戦場になることを意味している。父の顔に視線を走らせたが、父は黙ったまま乾パンを口に運んでいた。

食事を終えて間もなく、飛行機の爆音が近づき、超低空でかすめ過ぎる音がした。その直後、艦砲弾が飛来する音がきこえ、至近距離に落下したらしく金属をたたきつけるようなすさまじい音がし、眼の前が暗くなった。

義明は、体を伏せた。洞穴の奥から、はじけるような子供の泣声が起った。土が崩れ落ち、洞穴の中は白く煙った。かれは父の姿にかすんだ眼を向けたが、父と義兄は、いつの間にか壁に身を寄せていた。母が、なにかに祈るように、手を合わせながら体をふるわせているのがみえた。

砲弾の飛来音がつづき、その度に洞穴の中に埃《ほこり》が舞いあがった。樹木が砕けたのか、太い幹が洞穴の入口の岩に音をたてて当り、砕けた木片が穴の中にも散った。

かれの体は、轟音と立ちこめる土埃につつまれた。絶えず視線を父に向けていたが、父は炸裂音がする度に眼をしばたたくだけで、顔に表情らしいものはみられなかった。

三

その日から、時間的な感覚は失われた。

かれは父の後について歩きまわったが、少年時代に祖父に連れられて島にきた父が、地勢に明るいことをあらためて知った。また、農場主として労働することもなかった父が、疲れも知らぬように足を早め機敏な動き方をするのも意外であった。

父は林の中を歩くことは避け、岩かげを伝って進む。砲弾の飛来音が近づくと、義明たちに鋭い声をかけて岩のくぼみや洞穴に走りこんだ。

義明は、父たちと大きな樹木の傍にうがたれた洞穴に入った。中には数組の家族がいたが、一人の中年の男が父に、守備隊は本土からの援軍がこなければ敗北を喫する以外にないほど戦力を失っているらしい、と、低い声で言っているのを耳にした。蠟《ろう》燭《そく》の淡い光に、穴の奥に女が仰向《あおむ》きに横たわっているのがみえた。女は口と鼻から血を流し、苦しそうに体を動かし、呻《うめ》いていた。義明は、視線をそらし、体を横たえた。

翌日、義明たちは一日中洞穴の中ですごした。女は、すでに動かなくなっていた。

夜、父について洞穴の外に出た。昼間は洞穴や岩のくぼみに身をひそませ、夜になると移動するのが常になった。父は、夜間に二度も三度も身をひそませる場所を変えることもあった。

月の光に、さまざまなものを見た。葉が生い繁《しげ》り蔓《つる》のからみ合っていた樹林は、乱雑な材木の集積場のようになっていた。根からくつがえされた樹木が多く、焼け焦《こ》げた樹木が折り重っている場所もある。それらの間に、しばしば死体をみた。ほとんど原型は失われ、ズボンをはいたままの下半身が傾いた木の枝にかかったりしている。

岩肌《いわはだ》にはりついて乾燥している肉片に、手をふれたこともあった。

守備隊の組織はくずれたらしく、集団で行動する兵は少くなっていた。数人、時には一人だけで洞穴に身をひそめている兵もいる。手榴弾《しゅりゅうだん》も銃も持たず、帯剣のみの兵が洞穴の中に膝《ひざ》をかかえて坐《すわ》っていることもあった。

相変らず日本の機動部隊が接近中という話や、それを疑問視する声もあり、中には玉砕命令が出たらしいという話もひそかに伝わった。

山中の食糧貯蔵所は砲弾の落下によって破壊されていたが、輪作の芋が収穫期にあって、危険をおかして畠《はたけ》にもぐりこむ者や、砂糖黍《さとうきび》を背負ってくる者もいた。

不足しているのは、水であった。山麓の民家におもむくことは死につながるおそれがあったが、夜になると人々は斜面をくだり、父と義兄も瓶と薬缶を手に出掛けていった。しかし、数日後には敵が焼け残った民家の貯水タンクに劇薬を投げこんだという話がつたわり、事実多くの者が悶死《もんし》したことがあきらかになって、それも不可能になった。義明たちは、夜、移動する途中、くぼみにわずかにたまった夜露を吸い、濡《ぬ》れた岩肌をなめた。

珍しく小雨がぱらついた日、夜の間つづいていた砲弾の落下音が夜明けとともに絶え、はるか南西の方向できこえるだけになっていた。

思いがけず訪れた静寂を兵たちはいぶかしみ、守備隊の主力が南東にあるハグマン半島で再編成され、敵がその方面に攻撃目標を定めたのだろうと想像した。また、ガラパンの町に進出した敵が、半島方面に転出しているのかも知れぬ、と言う者もいた。

しかし、かれらの判断はあやまっていた。朝の陽光がひろがった頃、山麓の方面から砲弾が飛来しはじめたが、それは艦砲弾の、巨大なドラム缶でも落下してくるような重々しい音とはちがっていた。兵たちは、地上砲火だと言った。山麓に迫った敵兵が、砲兵隊の援護のもとに、山間部に陣をかまえる守備隊に攻撃を開始したのだ。

砲弾の飛来音は、遠距離から弧をえがいてくる艦砲弾とはちがって短く、近距離から発射されていることが義明にもわかった。砲の口径も小さいらしく炸裂音も小さい。が、落下密度は艦砲射撃の場合よりもはるかに濃く、絶え間ない音響につつまれた。

機関銃らしい連続する銃撃音をきいたのは、その日の夕刻だった。その時、義明は、初めて父の土と垢《あか》にまみれた顔がこわばり、眼に失策をおかした時にみせるような困惑の色がうかぶのをみた。その銃撃音が味方のものか敵のものかはわからなかったが、いずれにしても双方が目視できる距離に接近していることをしめしていた。

銃撃音は日没までつづき、その後は敵兵が山麓に引返したらしく絶え、再び艦砲射撃がはじまった。

義明は、父たちと洞穴を出て北の方向に移動したが、その方面には兵が陣地壕《ごう》にしている洞穴が多く、父は再び引返した。直撃弾をうけて崩落した岩で入口がとざされている洞穴が目立ち、義明たちは、大きな岩の裏側にあるくぼ地に入った。

そこには、数人の家族連れが身をひそめていた。かれらの話によると、山の北側の山麓一帯にはすでに敵の陣地が構築され、また東の方向に足を向けたが、そこにも敵兵の姿をみて引返してきたという。

翌朝から周囲の情勢は、新しい様相をしめしはじめた。砲声は遠く去って機関銃の発射音が主となり、自動小銃の銃撃音もきこえるようになった。守備隊員の発する単発の銃声も至る所でしていて、山間部に本格的な敵の浸透がはじまったことを知った。

正午近く、数名の子供をまじえた男女が、林の中の倒れた相思樹を越えながら走ってくると、

「敵が来ている」

と叫び、通りすぎていった。

義明は立ち上り、母に手をつかまれて走った。が、五十メートルも行かぬうちに前方で自動小銃の音が起り、走っていった家族が、うろたえたように引返してきた。

義兄につづいて父が山の斜面をのぼり、義明は子供を背負った姉や母とともにその

後を追い、倒れた樹木の間を走って岩かげに身を伏せた。銃撃音がつづいて起っていたが、それはかなりはなれていて、義明は父たちとその場に身をひそめていた。

その日から、移動は昼夜の別なくおこなわれるようになった。義明は歩き、走り、時には父たちと立ちどまってあたりの気配をうかがった。

敵兵は山中にも陣地を構築したらしく、夜間、麓へ引返すことはなくなり、照明弾を打ちあげて動く人影に銃撃を加えてくる。義明たちは、兵から教えられた通り、照明弾であたりが明るくなると、歩みをとめて立ったまま身じろぎもしなかった。

死体が至る所にころがり、折り重っている個所もあった。かれは、それらの死体を眼にしても、初めて死体をふんだ折りの恐怖は感じなかった。腐爛《ふらん》した死体が多く、悪臭を放っていたが、それらはただの物体にしか感じられなかった。

かれは、逃げてくる人の姿に敵の気配を感じていたが、敵兵を眼にしたことはなかった。それらは自分たちをおびやかす幻影に似たもので、実在感は淡かった。

しかし、かれは、初めて敵を眼にした。それは生きている敵ではなく、死体であった。腐敗し膨脹《ぼうちょう》していて、人間とは思えぬほどひどく大きくみえた。脛《すね》のあたりまである編上靴《あみあげぐつ》は、足がふくれ上っているため紐《ひも》が切れ、革の合わせ目が裂けたようにひらいていた。

移動している間にさまざまな兵が行を共にしては、はなれていった。軽機関銃を無造作に手にさげている長身の兵もいた。かれは、近くで敵の銃撃音がすると、腰をあげて出てゆく。しばらくすると、軽快な機銃の発射音がし、それがやむと義明たちのもとにもどってきて、

「斥候をやっつけたから、大丈夫だ」

などと言って、再び腰をおろす。

その兵も姿を消し、他《ほか》の兵がいつの間にか加わっていた。

父の移動は気まぐれに近いものになり、危険だと言ってはなれた場所にすぐもどったりする。他の家族も、あてもなく移るらしく、同じ場所で再び出会うことも多かった。

父は、恰好《かっこう》な場所を見出《みいだ》した。そこは、切り立った崖《がけ》の中腹にある深いくぼみで、前面には傾きかけた数本のパンの樹《き》が立っていて、くぼみを遮蔽《しゃへい》していた。義明たちは、崖の中腹を岩づたいに近づき、くぼみに身を入れた。そこには、六十年輩の母親を連れた若い男がひそんでいた。

崖は南に面していて、くぼみから樹葉を通して遠くアスリート飛行場がみえた。飛行場には残骸《ざんがい》が散らばっていたが、その間をトラックが動いている。飛行場に沿った

道を、戦車が砂埃をまきあげながら二台つらなって走ってゆくのも見えた。

くぼみは、安住の場所であった。敵兵が気づいたとしても、側面から岩棚《いわだな》づたいにくる以外に近寄ることはできない。崖下で銃撃音がしても、身をひそめているだけで十分だった。

夜になると、父と義兄が水探しに出掛けていった。父たちは、専《もっぱ》ら死んだ兵の所持していた水筒を探り、三個も四個も手にしてもどってくることもあった。義明たちは水を空缶に少しずつ入れて飲み、姉は子供に口移しにした。

晴れた日の夕方、義明は崖下に敵を見た。上半身裸の兵三名で、立てた筒のようなものを土の上に据え、手榴弾のようなものを入れている。気ぬけしたような発射音がすると、くぼみの近くの岩肌が砕け散った。

下方をうかがっていた父が、

「ここをねらっている」

と、顔色を変えて言い、くぼみを出た。

義明たちは、急いで岩棚をつたい崖の裏側にまわった。

その時から、再びあわただしい移動がはじまった。

死んだ兵の水筒の水はだれでも眼をつけるらしく、水筒があっても空だった。義明たちは、激しい渇きに襲われた。山中で出会う者たちも水を求めて歩きまわっていて、尿を飲んだ者もかなりいるようだった。

或《あ》る夜、父は意を決したように水のたまっていると言われている場所へ足を向けた。その附近には敵の陣地があり、照明弾を打ち上げて、近づく者を狙撃《そげき》するという。義明たちは、足音を忍ばせてその場所に近づいた。たしかに水がたまっていて、闇《やみ》の中でかすかに水面が光っているのがみえた。

照明弾があがる気配はなく、物音もしない。次姉が先に立って水の溜《たま》りに足をふみ入れた。周囲に敵兵がトタン板を敷き並べていたらしく、板をふむ音がかなり大きくきこえた。と同時に、左前方から自動小銃の銃声が連続的に起り、次姉が、体をふるわせながら仰向けに倒れるのがみえた。

父がおびえたように後方に走り出し、義明たちも自然にその後を追った。射殺された次姉を放置してゆくことに後めたさを感じたが、遺体を収容することは、自分たちも確実に命を失うことを意味する。後もふりむかず小走りに歩いてゆく父を責める気にはなれなかった。

翌日、日没後、兵たちの間に際立《きわだ》った動きがみられた。洞穴《どうけつ》の中や岩かげから兵が出てきて、周囲に眼を配りながら山麓《さんろく》の方へおりてゆく。淡い月光や遠い照明弾の明るみの中を、将校を先頭に山頂方向からくだってくる集団もある。どこにひそんでいたのか、不思議に思えるほどの数であった。

人々の間で、玉砕命令が出たという言葉がささやかれた。銃を持っている兵は少く、竹槍《たけやり》や銃剣をむすびつけた太い枝を手にしている者がほとんどで、石を両手につかんでいる兵もいた。かれらは、指示された集結地にむかっているようだった。

山麓方向で銃撃音が時々起っていたが、静寂が少しの間ひろがることもあった。

義明は、父たちの厳しい表情に、儀式に似たものがおこなわれるのを感じ、崖の端《はず》れにあるくぼみに父たちと坐っていた。

半ば欠けた月がかなり傾いた頃、重り合うような喚声をきいた。おびただしい照明弾が空に打ち上げられ、つづいてすさまじい砲弾の炸裂音と銃声が起り、急速に激しさを増した。

義明は、体をかたくして坐っていた。喚声は銃砲声にかき消されたが、別の方向からも起っていた。夜空は光に満ち、義明たちのいる場所も明るんだ。竹槍を手にし、石をつかんだ兵たちが突き進んでゆく姿が思い描かれた。傍に坐っている母は、その方向に合掌していた。

激しい銃砲声は夜が明けてからも間断なくつづき、翌日の正午近くにようやく衰えはじめ、やがて散発的になった。

山麓に近づいて遠くから玉砕突撃を眼にした者たちの口からもれた話が、避難している人々の間にひろがった。

将兵たちは、横列になって喚声をあげて突き進んだ。敵側は戦車を並べ、敵兵はそのかげや陣地から銃撃を加え、砲火も集中されて、かれらはなぎ倒されていったという。父たちは、かたい表情をしてその話をきいていた。

玉砕は戦闘の終結を意味すると思っていたが、その日以後も継続された。敵兵は、大胆に山中に入ってきて、残存の兵と民間人に銃撃や手榴弾を浴びせる。敵兵の死体も目立ち、玉砕命令が出た時、兵から自決用の手榴弾をもらった一般人が多く、車座になって死んでいる男女の姿もあった。

二日ほどひそんでいた洞穴では、父の縁戚《えんせき》の者たち八名と一緒であったが、敵兵が来たという声に義明たちはその場をはなれ、親戚の者たちは携帯品をかつぐのに手まどっておくれた。後方で自動小銃の音がし、一時間近くたってもどってみると、親戚の者は一人残らず射殺され、折重っていた。

義明は、近くの洞穴の中から親戚の者たちの遺体の変化をうつろな眼でながめていた。二、三日後に遺体は例外なく膨《ふく》れ上り、蠅《はえ》と蛆《うじ》におおわれた。それらがスコールで洗い流されると、数日後には早くも白骨化がはじまった。

父と義兄の間に、初めて意見の相違が起った。移動しようとする父に、義兄は、

「どこへ行こうと助かりはしないから、もう動かぬ」

と言って、腰をあげようとしない。その顔には、疲労と諦《あきら》めの色がうかんでいた。

父は、温厚な義兄の思いがけぬ反撥《はんぱつ》に、しばらくの間黙っていたが、

「いいようにしろ。おれは移る」

と言って、歩き出した。

義明と母は、義兄と子供を背負った長姉を残して父の後を追った。

傷ついた者が、水をくれ、水がなければ殺してくれ、と呻きながら這《は》い寄ってくる。義明には、それが甘えに思え、足にすがりついてきた女を荒々しく蹴《け》った父の行為を当然のこととして、受け入れた。

父は渇きに堪えきれず、パパイヤの根を掘り出してしぼり、にじみ出た液を口にした。が、果実から予想した甘味とは逆で、父は、顔をしかめ舌をシャツの裾《すそ》で拭《ふ》いた。

その後、義兄夫婦も山中を移動しつづけていたらしく、二日後に小さな洞穴で合流した。甥《おい》の姿はなく、長姉は、子供の泣声で敵兵に気づかれそうになったため両手でしめた、と抑揚の乏しい声で言った。

死体は至る所にあったが、日がたつにつれて出会う人は少くなった。義明たちには、いつの間にか銃も帯剣もない柔和な顔をした二十二、三歳の兵が同行していた。

雨季に入ったはずなのに稀《まれ》にスコールがあるだけで、夕方、バナナの葉をひろげて並べ、そこに宿った夜露をなめた。思う存分水が飲めたら死んでもいい、と思った。

食糧も、尽きていた。父と義兄はパンの木の実をとり、義明は母たちとタピオカ芋を掘った。蝸牛《かたつむり》を食べると、咽喉《のど》が少し潤《うるお》った。

砲撃はやんでいたが、銃撃音は相変らず起っていた。かれは、赤く日焼けした半裸の敵兵が数名ずつ寄りかたまって歩いているのを時折り眼にした。かれらは、洞穴に手榴弾を投げこんだり、銃撃したりしながら移動してゆく。それは、猟を楽しんでいるハンターたちのようにみえた。

日本兵にも一般人にもほとんど会うことはなくなり、眼にふれるものは死体ばかりだった。大半が半ば白骨化していて、木の枝からたらした縄《なわ》で縊死《いし》している死体も、足先は骨だけになっていた。

山麓の道路を、敵のトラックやジープが通るのを眼にするようになった。上空を星のマークをつけた小型機が飛んだ。

ようやくスコールが、連日、訪れるようになった。父は、樹木の下の土中に薬缶《やかん》を埋め、葉をひろげて幹をつたわる水や葉に落ちる水をその中に導く。かなりの量の水が流れこみ、義明たちは薬缶の口をふくんで渇きをいやした。

山の東側に移動すると、そこには遊撃戦をつづけている日本兵がいた。かれらはほとんど半裸であったが、一人残らず銃と手榴弾を手にし、米兵の自動小銃を持っている者もいた。数名、または十名以上の集団で、義明たちに、まだ生きていたのか、と言って、米や乾パンをゆずってくれた。義明たちについてきていた兵は、気まずそうな表情でかれらをうかがっていたが、兵たちは気にもかけぬようにほとんど視線を向けることもしなかった。そのうちに自動小銃の発砲音がきこえると、その方向に足早やに去っていった。

涼気が感じられ、夜は気温が低下した。山中に入ってから半月ほどしかたたぬように思えたし、数ヵ月が経過したようにも感じられた。

次姉が射殺された場所に、足を向けたこともあった。途中で立ちどまり、父だけが進んでいったが、引返してきた父は、その場所には白骨が分厚くひろがり、次姉の遺骨を識別できる状態ではない、と言った。

父が歩き出し、義明たちもその後からついて行った。

数日後、母が、

「このままでは死ぬ以外にないから、山をおりたい」

と、言った。

義明は、うつろな眼で母の顔をながめた。黒く汚れた母の顔は頬骨《ほおぼね》が突き出し、別人のようにみえる。眉毛《まゆげ》は、虱《しらみ》で白くなっていた。

島は、山間部をのぞいて敵兵の自由に動きまわる地になっていて、山をおりれば確実に捕われる。女は体を弄《もてあそ》ばれ、男は苛酷《かこく》な労役を強《し》いられて、労働できぬ体になるとローラーで轢《ひ》き殺されるという。

父は、思いがけぬ母の言葉に眼を大きく開くと、母の頬に掌《てのひら》をたたきつけ、荒々しい声でなじった。

母は善良な性格で涙もろく、人と諍《いさか》いをするようなこともない。母にとって山中の移動につぐ移動の生活は苦痛で、忍耐の限界に達したのだろう。次姉と甥の死が、母の気力を失わせてしまったのかも知れない。義明は、母の弱さを蔑《さげす》んだ。

義兄が、

「捕虜の汚名をこうむりたくない」

と言って、母に険しい眼を向けた。

義明たちは、母の顔を見つめていた。眼前に坐《すわ》る女が母ではなく、一人の脱落者に感じられた。

父が、友軍がくるまで生きぬいてみせる、と言った。義明は、父の口からもれた友軍という言葉のひびきが弱々しく、父もそのような期待はいだいていないことを知っていた。が、それのみが生きてゆく唯一《ゆいいつ》の支えであり、それを口にした父に違和感は感じなかった。

母は、暗い眼をして顔を伏せている。土に汚れた頬には、叩《たた》かれた父の掌の跡が残っていた。

沈黙がつづいた。空に爆音がし、遠ざかっていった。

母が顔をあげ、義明に眼を向けた。

「この子を連れて山をおります。子供までは殺しはしないでしょう」

母は、平静な口調で言った。

母は父に従順で、理にかなっていない折りにも父の言葉にさからったことはない。頬をたたかれたのに自分の意志を通そうとしている母が、意外に思えた。母の顔には、常にない頑《かたく》なな表情がうかび出ていた。

父は、無言で母の顔に視線を据《す》え、長姉はうつろな眼を空に向けていた。

義明は、父と義兄の顔をうかがった。二人の眼に、かすかな心の揺れが起りはじめているのを感じた。

「どうしても、おりるというのか」

父の声に、憤《いきどお》りのひびきはなかった。

「おります」

母が、答えた。

父は、眼をしばたたき、母の横顔をながめていたが、坐っている兵に顔を向けると、

「兵隊さん、あなたはどう思う」

と、言った。

兵は、黙ったまま土を指でいじっていた。

父は、再び口をつぐんだ。長い沈黙がつづいた。

「それでは、おれも山をおりる」

父が、思い切ったように低い声で言った。義明は、膝頭《ひざがしら》が急にふるえはじめるのを感じた。

母が腰をあげると、義明の手をつかんだ。痛いほどの強い力であった。かれは、立ち上った。

母が、歩きはじめた。振向くと、兵がまず腰をあげ、それにつづいて父たちも立ち

上るのがみえた。

岩肌《いわはだ》の露出した急な斜面をくだり、林の中に入った。倒れた樹木を越え、蔓《つる》をかき分けて進んだ。傾いた樹木の梢に、白ピンと俗称されている鳥が数羽とまっているのがみえた。

かれは、ゆるい斜面をくだりながら、散乱した白骨が、倒れた木や焼けこげた樹木と同化しはじめているのを感じた。樹木の中途にかかった白骨は、樹木の一部に化しているようにみえる。母は、軋《きし》むような音をたてる白骨を踏んで歩いていった。

林の中をぬけると、下方に道路がみえた。母は、ためらう風もなく、砲弾でうがたれた穴を避けながら斜面をくだった。

エンジンの音がきこえ、トラックが、右方向から砂埃《すなぼこり》をまき上げながら近づいてきた。昼間であるのに、ヘッドライトが眩《まば》ゆく光っている。

母は足を早めると、道路の傍におり、トラックに向って手をあげた。

濃緑色をしたトラックが、鋭いブレーキ音をあげて急停止した。義明は、再び体に激しいふるえが起るのを感じた。太陽の熱さが意識され、土をふむ足の感触が失われた。

かすんだ眼に、半裸の大きな体をした数名の異国兵が、トラックの荷台からとびおりるのが見えた。自動小銃を持っている者もいれば、鉄棒をにぎっている者もいる。

かれらは、ゆっくりとした足どりで近づいてくる。義明は、異国兵の顔や体に金色に光る生毛《うぶげ》をみた。眩暈《めまい》が起り、膝がくずおれそうになったが、母に手をつかまれたまま立ちつづけていた。

四

義明たちがトラックで運びこまれたのは、チャランカノアの町はずれに設けられた収容所であった。材木に板を張り合わせた小屋が立ちならび、周囲に有刺鉄線が張りめぐらされ、米兵が銃を手に鉄線の外に立っていた。

トラックが収容所の入口を入ると、多くの人たちが集ってきた。義明は、捕えられたのはもしかすると自分たち家族だけではないか、と思っていただけに、人の数に呆《あっ》気《け》にとられた。顔見知りの人も多く、国民学校に通っていた児童もいた。

義明たちは、米兵に連れられて詰所に入り、大きな水鉄砲のような器具で衣服の下や頭に白い粉をふきつけられた。睫毛《まつげ》まで白くなった父が、みじめに思えた。父も卑屈な眼をして、かれから視線をそらせていた。同行していた兵は、民間人とは別の地に送られるらしく、ジープに乗せられて収容所の入口から出て行った。

詰所を出た義明は、父たちと住居に指定された小屋の方に歩きながら、捕えられた屈辱感が幾分薄らぐのを感じていた。たとえ非戦闘員であるとは言え、自らの生死を敵にゆだねたことは最大の恥辱だが、その汚名が、収容されている者たちと分担され軽減されているような慰めをいだいた。それに、自分たちが最も遅く捕われたらしいことに、かれらに対する優越感に似たものも感じていた。

義明は、米軍から渡された身分証明書に書かれた日付で、その日が十一月上旬であることを知った。六月十一日の空襲で防空壕に入ってから五ヵ月間もたっていることに驚いたが、父の指示をうけながら激しく体を動かした記憶があるだけで、空虚な時間の流れでしかなかった。

かれは、父の後から小屋に入ったが、しばらくの間放心したように入口の近くに立っていた。

所内で日を過すようになったかれは、収容されている人たちの生活が、敵が上陸し守備隊が海岸線の陣地を放棄した頃《ころ》から、すでにはじめられていたことを知った。その後、捕われた者の数が増すにつれて、有刺鉄線の張られただけの収容所の敷地にバラック建の建物が増えていったという。初めは栄養失調におかされる者が多く、死亡者が一日に最高八十名を数えたこともあった。が、その後、米軍の監視を受けながら守備隊の物資貯蔵所から食糧を運び、米に大豆を混ぜて炊《た》いた握り飯を朝夕二個ずつ配給して、死者が出ることもなくなった。さらに、農業に従事していた者たちは、米軍の許可を得て農耕地をととのえ、野菜の種を蒔《ま》いた。それらは、雨季のスコールに潤《うるお》った土壌《どじょう》で逞《たくま》しく生育し、収容所の烹炊所《ほうすいじょ》に運びこまれた。

かれらは、米軍の労役にも従事した。平坦《へいたん》な地域に散乱する日本兵、民間人の死体の処理で、鉄製の鉤《かぎ》のついた棒で曳《ひ》き集め、うがたれた大きな穴に投げこんだ。死体の多い場所では、米軍がブルドーザーを使用し、作業は七月末には終っていた。

義明は、収容者たちの話から戦闘が完全に終っていないことも知った。山中には将兵が残存し、米軍施設の破壊工作などをおこなっていて、米軍はかれらの掃討をつづけているという。かれらは、大胆にも夜間、収容所内に忍びこみ、収容されている者たちから情報を得て機敏に去るともいう。かれらは、農耕地の野菜を食糧としていて、農耕の使役に出る収容者たちが、米軍の眼をかすめて、野菜その他をひそかにかれらの手のとどく場所に運んでいることも耳にした。

義明たちが収容されてから十日ほどたった頃、早朝、かれは飛行機の爆音で眼をさました。それは耳にしたこともない大きな轟音《ごうおん》で、小屋が震動した。

父が跳ね起き、かれも小屋の外に出た。他の小屋からも人が飛び出し、空を見上げている。

義明は、頭上をおおうジュラルミンのひろがりを見た。巨大な翼、胴体、車輪は、飛行機の概念とははずれていた。四発の回転するプロペラには、朝の陽光が虹《にじ》色になって光っている。機は、海方向に進んで上昇すると、右方に機体をかしげて遠ざかっていった。

収容者たちは、米軍が上陸後、アスリート飛行場の滑走路延長工事を急速に推しすすめていることを知っていた。ブルドーザーが飛行場を往《ゆ》き来《き》し、トラックが、輸送船からおろされた資材を飛行場に運んでいた。その工事は大型機を離着陸させるためのもので、工事が終了し爆撃機が配属されたにちがいなかった。

巨大な飛行機は、時折り単機で離陸し、夕刻近くにもどってくることを繰返していたが、十一月下旬には、多数の飛行機が収容所の上空をかすめるように上昇していった。機は遠く沖合を旋回し、やがて編隊を組むと東の空に消えた。

収容されている者たちは、それらの爆撃機編隊がどの方面に向ったかについて強い関心をいだいた。かれらは、日系米兵に近づき、そのことをたずねた。米兵は、東京だと言った。収容者たちは、一笑に付した。本土の防空態勢は強固で、首都である東京に爆撃機が侵入することなど想像もできなかった。爆撃機編隊は、硫黄島《いおうじま》かまたは台湾方面へでも向ったにちがいない、と話し合った。

　年があらたまると、爆撃機編隊の出撃がひんぱんになり、機数も激増した。夜間攻撃をおこなうのか夕刻に離陸し、朝、引返してくることが多くなった。引返してくる時間はまちまちで一機ずつ着陸してくるが、損害が増したらしく、離陸していった機数よりもどってくる機数が少いのが常であった。損傷をうけている機も多く、収容者たちは、翼がちぎれたりプロペラの停止した機を眼にする度に、歓声をあげ手をたたいた。

　義明は、夜、小屋の中で身を横たえながら、初めて死体をふんだ折りの足の感触を思い出すことがあった。その直後から、自分が白く淀《よど》んだ霧の中にでもまぎれこんでしまったような、感覚のない時間の流れに身をゆだねていた。父について岩の斜面を這《は》い上り、樹木の間を走ったりしたが、それもただ足を動かしていたにすぎず、知覚というものは失われていた。

　霧は、収容所で日を過すようになってからも薄らぐことはなかった。島の北端にあるマッピ岬《みさき》から、泳ぎの巧みな者は手足をしばり、多くの者が身を投げて死んだという話をきいたが、かれにはなんの感慨も湧《わ》かなかった。

　大人たちの関心は、戦局の推移に集っていた。収容所内では、野天にスクリーンを張って西部劇やニュース映画が上映された。東京空襲という字幕のもとに、大型爆撃機からおびただしい爆弾が投下され、下方に炎上する市街地も映し出された。大人たちは字幕を信じず、作られた画面だと言っていた。

気温がたかまり、スコールの訪れる日がつづくようになった。小屋の樋《とい》に水が走り、貯水タンクに流れ落ちた。

八月中旬、収容所のスピーカーが日本の降伏をつたえた。さらに翌月には、アメリカの戦艦ミズーリ号上でおこなわれた降伏文書調印式の情景も、スクリーンに映し出されたが、大半の者は、そのニュース映画は巧みに作られたトリックだ、と言って信じようとはしなかった。

十月上旬、米軍司令部は、戦争が終ったので収容者を本土へ送還すると発表した。が、その折りにも、アメリカ軍が劣勢になって島が危険な状態におちいったため、自分たちをハワイなどの他の地に移すのだ、という声が高かった。

やがて、送還がはじまり、収容所から人々が列を組んで出て行くようになった。船はつぎつぎに入港し、収容者を乗せて島をはなれてゆく。乗船は家族単位におこなわれていて、支庁職員であった義兄が送還事務に従事している関係から、義明たちは最後の便船に乗ることになった。

年の暮れが迫り、収容所は閑散となった。

その頃、日系米兵の口から日本の無条件降伏を裏づけるような話が、所内に流れた。

米軍は、終戦後、山間部の残存兵に終戦をつたえるビラを撒布《さんぷ》したが、かれらはそれを信じず、相変らず破壊工作をつづけていた。が、日本国内の新聞その他の投下で、かれらもようやく敗戦に気づき、米軍司令部に軍使を立てた。軍使は、山をおりるにしても戦時捕虜ではないことを立証するため、大本営の投降命令を得たい、と主張した。米軍は、旧日本陸軍のマリアナ諸島方面の最高指揮官の降伏命令書を取り寄せ、軍使に渡した。

山中には、大場という大尉を指揮者に四十七名の兵が集団生活を営んでいた。かれらの大半は、戦闘継続を強く主張し、容易に意見がまとまらなかったが、大尉の説得でようやく山をおりることに決した。

大尉は、米軍との降伏式にのぞむ用意として日章旗、新しい軍服、略帽、靴《くつ》を要求し、それらは旧南洋庁支庁職員によって送り届けられた。

かれらは山中で慰霊式をおこない、三発の弔銃を発射した。日章旗をかかげた下士官を先頭に、二列縦隊で軍歌をうたいながら山を降り、米軍司令部前に整列して武装解除をうけた。かれらの所持していた兵器は軽機関銃三挺《ちょう》、小銃四十四挺であったが、大半は米軍のものであったという。

この話は収容者たちに衝撃をあたえ、日本の降伏を認める者もいたが、ほとんどの者は半信半疑であった。

年が明け、義明たちは最後の便船に乗った。厚手の衣服が支給されたが、本土以外の寒冷地に運ばれ、海に投げこまれるのではないかという声がしきりであった。義明は、どうでもよい、と思った。

船が、港をはなれた。父や母たちは、甲板のデッキにもたれ、遠ざかる島を見つめている。眼には、光るものが湧いていた。

空は晴れ、海は輝いていたが、義明には見知らぬ空であり海であった。緑の色に隙《すき》間《ま》なくおおわれ海岸線に椰子《やし》の並んでいた島の姿はなく、岩肌が露出し白茶けてみえる。わずかに浅い海とその端をふちどる珊瑚礁《さんごしょう》が島の名残りをとどめていたが、かれには、すでに無縁のものになっていた。

船は、走りつづけた。日が昇り、夜空に星が満ちた。

島が見え、その西方を過ぎた。小笠原《おがさわら》諸島出身の者たちが、父島だ、と言った。その海岸には星条旗がひるがえっているのが見え、人々はようやく敗戦が事実であることを知った。

気温が低下し、船が進むにつれて激しい寒気を感じるようになった。甲板に出る者はなく、船艙《せんそう》で毛布をかぶって横たわったり、坐ったりしていた。

気象状況が悪化して船の動揺が増し、船側に当る波の音が大きくなった。義明は、体を横たえて船艙の淡い電燈を見あげていた。

動揺が少くなり、エンジンの震動だけが体につたわるようになった。やがてそれも消え、船が陸岸に横づけになる気配が感じられた。

下船の仕度がはじまり、人々は毛布をたたみ、女は子供を背にくくりつけた。船艙内は、舞い上った埃で白く霞《かす》んだ。

見知らぬ男が入ってきて、その指示で人々が梯子《はしご》をのぼりはじめた。義明も、父たちの後から梯子の鉄の踏み台をふんでいった。

甲板に出たかれは、激しい寒気に身をふるわせた。白いものが、おびただしく空から舞っている。バラック建の点々と立つ陸地も、白いものにおおわれていた。雪を美しいものとして想像し憧《あこが》れをいだいていたが、それが寒さを象徴するいまわしいものであることを知った。

かれは、顔を仰向かせた。雪は冷たく、空が妙にまぶしい。雪がとけて、顔を濡《ぬ》らした。

かれは、人の体に押されながら、栈橋《さんばし》に渡された鉄製の橋を降りていった。

（「新潮」昭和五十七年三月号）

解説

川西政明

記憶にのこっている話から書いておきたい。それは吉村昭の人と文学を考えるとき浮んでくる消しがたいひとつのイメージのことである。

吉村昭に「標本」（「文芸」昭和六十年十一月号）という短編がある。

三十八年前、「私」は胸郭成形術で五本の肋骨《ろっこつ》除去の手術をうけた。その手術をうけた医師から肺結核治療の手術で除去した骨が大学病院の医局の標本室に保存されていると知らされる。「私」はその保存された骨を見に出かける。

この作品を読みはじめたとき、あるショックを感じた。骨を見に行く。吉村さんは骨を見に行くのかと感じたのである。

手術のさい骨膜はのこされたので、その後、「私」の骨は再生された。このため骨の機能には障害はない。今や除去された骨は、「私」には何の意味もない物になっている。

その骨を見に行く。

その言葉には、不意をつかれるものがあった。

当時の手術は残酷で、四、五時間を要する手術が局所麻酔だけでおこなわれた。途中、麻酔が切れてしまうため、患者は耐えがたい激痛におそわれる。「私」もまたその苦痛に耐えたのだった。

《私は、死をまぬがれたい一心で手術をうけたが、想像を絶したすさまじい激痛に、二度とこのような体験は味わいたくない、と思っていた。》

吉村昭はこのように書いている。

この骨のことが、なぜか気になった。三十八年前、「私」は五本の肋骨を切断する乾いた音をきき、シャーレに捨てられた、水々しい光沢をおびた骨を見た。手術直後に眼にした骨は生きて見えた。今、時をへだてて見る骨は、「私」という存在とは無関係な物でしかなかった。

この骨は、過去も未来も消失して、現在という一瞬にすべては凝縮して今・ここに「私」は生きているという充実した時を告げているように思われた。

すべて好し、「私」は今・ここに生きている。人はこのようにはなかなか自分を確認できないものである。ところがはからずも吉村昭はこの骨を見ることによって、そのように今・ここにある「私」を発見したのだった。

骨はそのように「私」を確認するひとつの象徴であった。だが一方でその骨は、激痛のなかで「私」から切断された物でもあった。

吉村昭はそうした人間の苦痛を知っている。そしてそのことは人間は苦痛のなかをはいまわって今・ここという場所に到達しうるのであることを教えている。

苦痛を経験して生き延びてはじめて、人は心が自由になってよく物が見えるようになるのである。

《昭和》という時代を生きたわれわれ日本人にとっての最大の苦痛は、戦争であったといえよう。

敗戦という苦痛を通過することによって、日本人は《昭和》という時代の苦痛を償ったのだった。

『秋の街』の「あとがき」で吉村昭は、「小説の本来の姿は、現実の可能性の上に創造をおこなうものだ」という信念から「虚構小説」を書きつづけてきたのだといっている。

「私」のことを書くのも、他人のことを書くのも、同じように現実の可能性の上に創造をおこなう行為であろう。

自分のことから出発するのは、あらゆる作家に通有事である。だが、それだけでは、どうしても世界は狭くなる。それを自覚する本来の作家はだから自分から出発しながら《自己の他在化》あるいは《他者の自在化》へと踏みだしてゆかざるをえない。作家は現実の閾《いき》の向う側へまで自由自在に踏みこんでゆける人間である。吉村昭は他者の世界に大胆に踏みこむ。同時に彼は他者の生きてきた世界を大切にする。そのために徹底した調査、取材がおこなわれるようだ。

ここに集められた五編も事実の綿密な調査の上に人間の可能性を追求したものである。

「脱出」の光雄は、突然のソ連の参戦に動揺する樺太《からふと》の一寒村から北海道へと脱出する。

「鯛《たい》の島」の梶子《かじこ》の良一と八歳の少年は、苛酷《かこく》な島の生活に耐えられず、瀬戸内の島から脱走する。

「他人の城」の儀一は、沖縄から鹿児島へむかった学童疎開船・対馬《つしま》丸に乗りこむが、敵潜水艦に撃沈され、幾日間も漂流する。

「珊瑚礁《さんごしょう》」の義明《よしあき》は、米軍が上陸して生き地獄と化した玉砕の島サイパン島の山中を父や母とともに彷徨《ほうこう》する。

これら四編に共通するのは、戦争に遭遇し、苦痛をなめるのが、いずれも少年だということである。もうひとつの共通点は、少年たちがいる場所が、樺太、瀬戸内の島、沖縄、サイパンと辺境ともいうべき土地にしがみついているという事実である。

少年たちは、ある日、不意に、「戦場」に投げだされてしまう。

彼らは、「脱出」の光雄がそうだったように「戦争が終るのは日本が勝利をおさめた時であるはずで、戦局が悪化していることから考えて、それはかなり先のことに思われた。かれは、敗北による終戦など想像もしていなかった」のだった。そういう少年たちが、突然ふってわいたように、戦場のまっただなかに投げだされたのだった。

「脱出」の乳根に住む漁師たちは、ソ連が参戦し、樺太が戦場と化したあともなお島を脱出しようとしない。彼らにとって乳根こそが、生きてゆくための最後の場所なのだった。

北海道へ渡った人たちのなかには、なんらかの理由で、内地を捨てた人が多かった。そのなかからなお北方へとめざした人たちがいた。その人たちにとっては、樺太は北限の島であった。だからこの人たちの心のなかには、北限の憂愁ともいうべき雰囲気《ふんいき》がただよっていた。

彼らはギリギリの際《きわ》に追いつめられても、なかなか島を脱出しようとしない。情報が不足しているせいでもあるが、彼らにとってここそがわれわれのゆきついた終《つい》の場所だという実感がぬきがたくあるためだった。彼らにとり乳根こそが故郷なのである。

日本の近代とは、この故郷喪失の時代だったといわれる。北限の憂愁こそ乳根の人たちにとり故郷定着の歌にほかならなかったのである。

光雄少年は、その故郷をむりやりに奪われる。戦争によって彼もまた故郷喪失者にさせられたのだった。

この光雄と対照的なのが、「珊瑚礁」の義明である。光雄が北方の憂愁とするなら、義明は南方の悲傷といえよう。

義明の父は、本土から二千キロ以上もはなれた太平洋上のサイパン島で砂糖黍《さとうきび》畑を経営している。そこは太平洋戦争のまんなかに位置した。しかしそれはある日、戦場と化すまでは、豊かな自然にかこまれた南方の島であり、義明にとっての故郷だった。米軍が上陸した日、その島は義明にとっての故郷ではなくなる。一日を境にして、義明は異郷をさまようことになる。その場所は、この世界と異界との境界線上にある世界でもあった。少年はそうした奇怪な世界を見てしまったのであった。

そこに展開されたのは、修羅《しゅら》の世界だった。六月十一日の空襲で防空壕《ごう》に入ってからいつのまにか五ヵ月がたっていたのだった。捕虜収容所に収容された義明には、そのあいだ激しく体を動かした記憶がのこっているだけであった。精神が正常にはたらいていれば、少年は生きておれなかったろう。

吉村昭は、その少年の上に流れた時間は、「空虚な時間の流れでしかなかった」と書く。

いざとなれば、人間はどういうことでもしてしまう怖《おそ》ろしい存在である。戦場に投げだされた少年たちは、いやおうなくそのことを知らされてしまったのである。そしてそのことを意識することは、苦痛であった。苦痛を意識するとき、人はその苦痛に耐えられない。苦痛を意識する暇《いとま》なく、人はその苦痛の時間を通過させ、生き延びるよりほかに生きる方法はない。そして二度と経験したくないようなその時間を通過してしまったとき、それは空虚な時間の流れに変化するのだ。

苦痛は負《ふ》の力である。だが、その力は、少年にとっての生の原動力でもあるのだ。少年は生きる＝生き延びるという生命の源泉の時間をそのとき同時に生きたからだ。

「他人の城」の儀一は、そうした極限的な生を生きた少年である。

対馬丸の沈没によって、儀一は生と死の境界に放《ほう》りだされる。生きのこるためには、人間はどんなことでも行う。「自分のことのみが意識のすべて」になる状態が現出する。他者のことを考えたら、自分が死ななければならない。そのような場面に際会した人間のなした行為は、神の名によって許されさえする。そしてまた神の沈黙が問われるのもこうした時である。

「鯛の島」で展開される楫子の制度は、前近代的なものである。その前近代性が、保守的な島の住民の生活を守ってきた。軍艦陸奥《むつ》の爆沈と敗戦による民主主義制度のとりいれによって、そうした島の生活が崩壊する。島民の日常は、時代の変化によって激しく変化させられる。

島にとっては、すべてが災いであった。その災いをまねいたものは、日本の体質そのものだった。鯛の島と呼ばれた瀬戸内のひとつの平凡な島の日々の営みのなかに、戦争という時代を生きた、日本の、日本人の文化の流れが逆流してくるのである。この作品で問われているのは、敗戦を経験した日本の文化の質そのものである。

そのことは「焰髪《えんぱつ》」を読めば、いっそうはっきりするだろう。

ここでは東大寺の仏像を疎開する話がでてくる。仏像を疎開するのに断固反対した執事長は、その反対の意思表示のため辞職する。僧玄照《げんしょう》は、戦時であるため引っ越しもやむなしと考える。

たとえ戦火にあって焼滅しても災厄《さいやく》として受けいれるべきだという考えがある。それは寺の伝統を長い歳月継承させてきた原動力である。一方、どういう方法であれ仏像を後世にのこすことこそが最善の道だという考えがある。

災厄を受けいれなければならなかったのが日本人である。そしてその災厄をまねいた元凶もまた日本人である。そこに《昭和》を生きた日本人と日本文化の原質がある。その原質は東大寺の仏像の疎開という事態にその矛盾をあらわしたのだった。

結局、仏像は疎開し焼滅はまぬがれたが、やはり一部が破損する。破損した金剛《こんごう》力士の阿形《あぎょう》像を描写する吉村昭の筆には満身の力がこめられている。《朱色をした焔髪《えんぱつ》を逆立てた頭部があらわれ、鋭い光をたたえた眼、強く張られた鼻翼について、内部の赤い大きくあけられた口がのぞいた。玄照は、あらためてその形相が激しい忿怒《ふんぬ》の相をしめしていることを感じた。》

この阿形像の怒りこそ戦争の時代を生き延びた日本人の怒りの象徴である。そしてそれは日本人の悲しみをたたえた姿に重なるものなのである。吉村昭はその日本人の怒りと悲しみを知る作家である。《昭和》を生きた日本人は、その怒りと悲しみを償ったことをよく知る作家なのである。

（昭和六十三年十月、文芸評論家）

この作品は昭和五十七年七月新潮社より刊行された。

吉村昭著

漂流

水もわかず、生活の手段とてない絶海の火山島に漂着後十二年、ついに生還した海の男がいた。その壮絶な生きざまを描いた長編小説。

吉村昭著

空白の戦記

闇に葬られた軍艦事故の真相、沖縄決戦の秘話……。正史にのらない戦争記録を発掘し、戦争の陰に生きた人々のドラマを追求する。

吉村昭著

海の史劇

《日本海海戦》の劇的な全貌。七カ月に及ぶ大回航の苦心と、迎え撃つ日本側の態度、海戦の詳細などを克明に描いた空前の記録文学。

吉村昭著

大本営が震えた日

開戦を指令した極秘命令書の敵中紛失、南下輸送船団の隠密作戦。太平洋戦争開戦前夜に大本営を震撼させた恐るべき事件の全容——。

吉村昭著

背中の勲章

太平洋上に張られた哨戒線で捕虜となり、アメリカ本土で転々と抑留生活を送った海の兵士の知られざる生。小説太平洋戦争裏面史。

吉村昭著

羆（くまあらし）嵐

北海道の開拓村を突然恐怖のドン底に陥れた巨大な羆の出現。大正四年の事件を素材に自然の威容の前でなす術のない人間の姿を描く。

吉村昭著
ポーツマスの旗
近代日本の分水嶺となった日露戦争とポーツマス講和会議。名利を求めず講和に生命を燃焼させた全権・小村寿太郎の姿に光をあてる。

吉村昭著
遠い日の戦争
米兵捕虜を処刑した一中尉の、戦後の暗く怯えに満ちた逃亡の日々――。戦争犯罪とは何かを問い、敗戦日本の歪みを抉る力作長編。

吉村昭著
光る壁画
胃潰瘍や早期癌の発見に威力を発揮する胃カメラ――戦後まもない日本で世界に先駆け、その研究、開発にかけた男たちの情熱。

吉村昭著
破船
嵐の夜、浜で火を焚いて沖行く船をおびき寄せ、坐礁した船から積荷を奪う――サバイバルのための苛酷な風習が招いた海辺の悲劇！

吉村昭著
破獄
読売文学賞受賞
犯罪史上未曾有の四度の脱獄を敢行した無期刑囚佐久間清太郎。その超人的な手口と、あくなき執念を追跡した著者渾身の力作長編。

吉村昭著
雪の花
江戸末期、天然痘の大流行をおさえるべく、異国から伝わったばかりの種痘を広めようと苦闘した福井の町医・笠原良策の感動の生涯。

吉村昭著

長英逃亡（上・下）

幕府の鎖国政策を批判して終身禁固となった当代一の蘭学者・高野長英は獄舎に放火させて脱獄。六年半にわたって全国を逃げのびる。

吉村昭著

冷い夏、熱い夏
毎日芸術賞受賞

肺癌に侵され激痛との格闘のすえに逝った弟。強い信念のもとに癌であることを隠し通し、ゆるぎない眼で死をみつめた感動の長編小説。

吉村昭著

仮釈放

浮気をした妻と相手の母親を殺して無期刑に処せられた男が、16年後に仮釈放された。彼は与えられた自由を享受することができるか？

吉村昭著

ふぉん・しいほるとの娘
吉川英治文学賞受賞（上・下）

幕末の日本に最新の西洋医学を伝え神のごとく敬われたシーボルトと遊女・其扇の間に生まれたお稲の、波瀾の生涯を描く歴史大作。

吉村昭著

桜田門外ノ変（上・下）

幕政改革から倒幕へ――。尊王攘夷運動の一大転機となった井伊大老暗殺事件を、水戸薩摩両藩十八人の襲撃者の側から描く歴史大作。

吉村昭著

ニコライ遭難

〝ロシア皇太子、襲わる〟――近代国家への道を歩む明治日本を震撼させた未曾有の国難・大津事件に揺れる世相を活写する歴史長編。

吉村昭著
天狗争乱
大佛次郎賞受賞

幕末日本を震撼させた「天狗党の乱」。水戸尊攘派の挙兵から中山道中の行軍、そして越前での非情な末路までを克明に描いた雄編。

吉村昭著
プリズンの満月

東京裁判がもたらした異様な空間……巣鴨プリズン。そこに生きた戦犯と刑務官たちの懊悩。綿密な取材が光る吉村文学の新境地。

吉村昭著
わたしの流儀

作家冥利に尽きる貴重な体験、日常の小さな発見、ユーモアに富んだ日々の暮し、そしてあの小説の執筆秘話を綴る芳醇な随筆集。

吉村昭著
アメリカ彦蔵

破船漂流のはてに渡米、帰国後日米外交の先駆となり、日本初の新聞を創刊した男――アメリカ彦蔵の生涯と激動の幕末期を描く。

吉村昭著
生麦事件（上・下）

薩摩の大名行列に乱入した英国人が斬殺された――攘夷の潮流を変えた生麦事件を軸に激動の五年を圧倒的なダイナミズムで活写する。

吉村昭著
島抜け

種子島に流された大坂の講釈師瑞龍は、流人仲間と脱島を決行。漂流の末、流れついた先は何と中国だった……。表題作ほか二編収録。

吉村昭著
天に遊ぶ
日常生活の劇的な一瞬を切り取ることで、言葉には出来ない微妙な人間心理を浮き彫りにしてゆく、まさに名人芸の掌編小説21編。

吉村昭著
敵（かたきうち）討
江戸時代に美風として賞賛された敵討は、明治に入り一転して殺人罪に……時代の流れに抗しながら意志を貫く人びとの心情を描く。

吉村昭著
大黒屋光太夫（上・下）
鎖国日本からロシア北辺の地に漂着し、帝都ペテルブルグまで漂泊した光太夫の不屈の生涯。新史料も駆使した漂流記小説の金字塔。

吉村昭著
わたしの普段着
人と触れあい、旅に遊び、平穏な日々の愉しみを衒いなく綴る——。静かなる気骨の人、吉村昭の穏やかな声が聞こえるエッセイ集。

吉村昭著
彰義隊
皇族でありながら朝敵となった上野寛永寺山主の輪王寺宮能久親王。その数奇なる人生を通して江戸時代の終焉を描く畢生の歴史文学。

吉村昭著
羆（ひぐま）
愛する若妻を殺した羆を追って雪山深く分けいる中年猟師の執念と矜持——表題作のほか「蘭鋳」「軍鶏」「鳩」等、動物小説5編。

城山三郎著

総会屋錦城

直木賞受賞

直木賞受賞の表題作は、総会屋の老練なボス錦城の姿を描いて株主総会のからくりを明かす異色作。他に本格的な社会小説6編を収録。

城山三郎著

役員室午後三時

日本繊維業界の名門華王紡に君臨するワンマン社長が地位を追われた――企業に生きる人間の非情な闘いと経済のメカニズムを描く。

城山三郎著

雄気堂々（上・下）

一農夫の出身でありながら、近代日本最大の経済人となった渋沢栄一のダイナミックな人間形成のドラマを、維新の激動の中に描く。

城山三郎著

毎日が日曜日

日本経済の牽引車か、諸悪の根源か？　総合商社の巨大な組織とダイナミックな機能・日本的体質を、商社マンの人生を描いて追究。

城山三郎著

官僚たちの夏

国家の経済政策を決定する高級官僚たち――通産省を舞台に、政策や人事をめぐる政府・財界そして官僚内部のドラマを捉えた意欲作。

城山三郎著

男子の本懐

〈金解禁〉を遂行した浜口雄幸と井上準之助。性格も境遇も正反対の二人の男が、いかにして一つの政策に生命を賭したかを描く長編。

山崎豊子著

華麗なる一族（上・中・下）

大衆から預金を獲得し、裏では冷酷に産業界を支配する権力機構〈銀行〉――野望に燃える万俵大介とその一族の熾烈な人間ドラマ。

山崎豊子著

女系家族（上・下）

代々養子婿をとる大阪・船場の木綿問屋四代目嘉蔵の遺言をめぐってくりひろげられる遺産相続の醜い争い。欲に絡む女の正体を抉る。

山崎豊子著

白い巨塔（一～五）

癌の検査・手術、泥沼の教授選、誤診裁判などを綿密にとらえ、尊厳であるべき医学界に渦巻く人間の欲望と打算を迫真の筆に描く。

山崎豊子著

女の勲章（上・下）

洋裁学院を拡張し、絢爛たる服飾界に君臨するデザイナー大庭式子を中心に、名声や富を求める虚栄心に翻弄される女の生き方を追究。

山崎豊子著

不毛地帯（一～五）

シベリアの収容所で十一年間の強制労働に耐え、帰還後、商社マンとして熾烈な商戦に巻き込まれてゆく元大本営参謀・壹岐正の運命。

山崎豊子著

二つの祖国（一～四）

真珠湾、ヒロシマ、東京裁判――戦争の嵐に翻弄され、身を二つに裂かれながら、祖国を探し求めた日系移民一家の劇的運命を描く。

司馬遼太郎著
国盗り物語（一〜四）
貧しい油売りから美濃国主になった斎藤道三、天才的な知略で天下統一を計った織田信長。新時代を拓く先鋒となった英雄たちの生涯。

司馬遼太郎著
燃えよ剣（上・下）
組織作りの異才によって、新選組を最強の集団へ作りあげてゆく〝バラガキのトシ〟——剣に生き剣に死んだ新選組副長土方歳三の生涯。

司馬遼太郎著
新史太閤記（上・下）
日本史上、最もたくみに人の心を捉えた〝人蕩し〟の天才、豊臣秀吉の生涯を、冷徹な史眼と新鮮な感覚で描く最も現代的な太閤記。

司馬遼太郎著
関ケ原（上・中・下）
古今最大の戦闘となった天下分け目の決戦の過程を描いて、家康・三成の権謀の渦中で命運を賭した戦国諸雄の人間像を浮彫りにする。

司馬遼太郎著
花神（上・中・下）
周防の村医から一転して官軍総司令官となり、維新の渦中で非業の死をとげた、日本近代兵制の創始者大村益次郎の波瀾の生涯を描く。

司馬遼太郎著
峠（上・中・下）
幕末の激動期に、封建制の崩壊を見通しながら、武士道に生きるため、越後長岡藩をひきいて官軍と戦った河井継之助の壮烈な生涯。

池波正太郎著

真田太平記（一〜十二）

天下分け目の決戦を、父・弟と兄とが豊臣方と徳川方とに別れて戦った信州・真田家の波瀾にとんだ歴史をたどる大河小説。全12巻。

池波正太郎著

秘伝の声（上・下）

師の臨終にあたって、秘伝書を土中に埋めることを命じられた二人の青年剣士の対照的な運命を描きつつ、著者最後の人生観を伝える。

池波正太郎著

堀部安兵衛（上・下）

因果に鍛えられ、運命に磨かれ、「高田の馬場の決闘」と「忠臣蔵」の二大事件を疾けた赤穂義士随一の名物男の、痛快無比な一代記。

池波正太郎著

剣の天地（上・下）

戦国乱世に、剣禅一如の境地をひらいて新陰流の創始者となり、剣聖とあおがれた上州の武将・上泉伊勢守の生涯を描く長編時代小説。

池波正太郎著

俠客（上・下）

「お若えの、お待ちなせえやし」の幡随院長兵衛とはどんな人物だったのか——旗本水野十郎左衛門との宿命的な対決を通して描く。

池波正太郎著

剣客商売① 剣客商売

白髪頭の粋な小男・秋山小兵衛と巌のように逞しい息子・大治郎の名コンビが、剣に命を賭けて江戸の悪事を斬る。シリーズ第一作。

藤沢周平著

用心棒日月抄

故あって人を斬り脱藩、刺客に追われながらの用心棒稼業。が、巷間を騒がす赤穂浪人の動きが又八郎の請負う仕事にも深い影を……。

藤沢周平著

消えた女

―彫師伊之助捕物覚え―

親分の娘おようの行方をさぐる元岡っ引の前で次々と起る怪事件。その裏には材木商と役人の黒いつながりが……。シリーズ第一作。

藤沢周平著

竹光始末

糊口をしのぐために刀を売り、竹光を腰に仕官の条件である上意討へと向う豪気な男。表題作の他、武士の宿命を描いた傑作小説5編。

藤沢周平著

橋ものがたり

様々な人間が日毎行き交う江戸の橋を舞台に演じられる、出会いと別れ。男女の喜怒哀楽の表情を瑞々しい筆致に描く傑作時代小説。

藤沢周平著

密謀（上・下）

天下分け目の関ケ原決戦に、三成と密約がありながら上杉勢が参戦しなかったのはなぜか？　歴史の謎を解明する話題の戦国ドラマ。

藤沢周平著

たそがれ清兵衛

その風体性格ゆえに、ふだんは侮られがちな侍たちの、意外な活躍！　表題作はじめ全8編を収める、痛快で情味あふれる異色連作集。

新潮文庫最新刊

越谷オサム著
次の電車が来るまえに
故郷へ向かう新幹線。乗り合わせた人々から想起される父の記憶——。鉄道を背景にして心のつながりを描く人生のスケッチ、全5話。

西條奈加著
金春屋ゴメス
日本ファンタジーノベル大賞受賞
近未来の日本に「江戸国」が出現。入国した辰次郎は「金春屋ゴメス」こと長崎奉行馬込播磨守に命じられて、謎の流行病の正体に迫る。

石原慎太郎著
わが人生の時の時
海中深くで訪れる窒素酔い、ひとだまを摑まえた男、身をかすめた落雷の閃光、弟の臨終の一瞬。凄絶な瞬間を描く珠玉の掌編40編。

石原良純著
石原家の人びと
厳しくも温かい独特の家風を作り上げた父・慎太郎、昭和の大スター叔父・裕次郎——逸話と伝説に満ちた一族の意外な素顔を描く。

小林快次著
恐竜まみれ
—発掘現場は今日も命がけ—
カムイサウルス——日本初の恐竜全身骨格はこうして発見された。世界で知られる恐竜研究者が描く、情熱と興奮の発掘記。

小松貴著
昆虫学者はやめられない
〝化学兵器〟を搭載したゴミムシ、メスにプレゼントを贈るクモなど驚きに満ちた虫たちの世界を、気鋭の研究者が軽快に描き出す。

脱《だっ》出《しゅつ》

新潮文庫　よ - 5 - 24

昭和六十三年十一月十日 発行
平成二十五年二月二十五日 二十刷改版
令和四年七月十五日 二十三刷

著者 吉《よし》村《むら》昭《あきら》
発行者 佐藤隆信
発行所 株式会社 新潮社

郵便番号 一六二—八七一一
東京都新宿区矢来町七一
電話 編集部(〇三)三二六六—五四四〇
読者係(〇三)三二六六—五一一一
http://www.shinchosha.co.jp

価格はカバーに表示してあります。

印刷・錦明印刷株式会社　製本・株式会社植木製本所

ISBN978-4-10-111724-9 C0193